副刊文丛

主编 李辉 王刘纯

本命年笔谈

严建平 编

中原出版传媒集团
中原传媒股份公司
大象出版社
·郑州·

图书在版编目(CIP)数据

本命年笔谈/严建平编.— 郑州：大象出版社，2018.7
(副刊文丛/李辉，王刘纯主编)
ISBN 978-7-5347-9612-8

Ⅰ.①本… Ⅱ.①严… Ⅲ.①散文集—中国—当代 Ⅳ.①I267

中国版本图书馆CIP数据核字(2017)第327938号

本命年笔谈
BENMINGNIAN BITAN

严建平　编

出 版 人	王刘纯
项目统筹	李光洁　成　艳
责任编辑	李　爽
责任校对	安德华
封面设计	段　旭
内文设计	杜晓燕

出版发行	大象出版社(郑州市开元路16号　邮政编码450044)
	发行科　0371-63863551　总编室　0371-65597936
网　　址	www.daxiang.cn
印　　刷	北京汇林印务有限公司
经　　销	各地新华书店经销
开　　本	787mm×1092mm　1/32
印　　张	9.875
版　　次	2018年7月第1版　2018年7月第1次印刷
定　　价	39.00元

若发现印、装质量问题，影响阅读，请与承印厂联系调换。
印厂地址　北京市大兴区黄村镇南六环磁各庄立交桥南200米(中轴路东侧)
邮政编码　102600　　　　　　　电话　010-61264834

"副刊文丛"总序

李 辉

设想编一套"副刊文丛"的念头由来已久。

中文报纸副刊历史可谓悠久,迄今已有百年。副刊为中文报纸的一大特色。自近代中国报纸诞生之后,几乎所有报纸都有不同类型、不同风格的副刊。在出版业尚不发达之际,精彩纷呈的副刊版面,几乎成为作者与读者之间最为便利的交流平台。百年间,副刊上发表过多少重要作品,培养过多少作家,若要认真统计,颇为不易。

"五四新文学"兴起,报纸副刊一时间成为重要作家与重要作品率先亮相的舞台,从鲁迅的小说《阿Q正传》、郭沫若的诗歌《女神》,到巴金的小说《家》等均是在北京、上海的报纸副刊上发表,从而产生广泛影响的。随着各类出版社雨后春笋般出现,杂志、书籍与报纸副刊渐次形成三足鼎立的局面,但是,不同区域或大小城市,都有不同类型的报纸副刊,因而形成不同层面的读者群,在与读者建立直接和广泛的联系方面,多年来报纸副刊一直占据优势。近些年,随着电视、网络等新兴媒体的崛起,报纸副刊的优势以及影响力开始减弱,长期以来副刊作为阵地培养作家的方式,也随之隐退,风光不再。

尽管如此,就报纸而言,副刊依旧具有稳定性,所刊文章更注重深度而非时效性。在新闻爆炸性滚动播出的当下,报纸的所谓新闻效应早已滞后,无法与昔日同日而语。在我看来，唯有副刊之类的版面，侧重于独家深度文章，侧重于作者不同角度的发现，才能与其他媒体相抗衡。或者说，只有副刊版面发表的不太注重新闻时效的文章，才足以让读者静下心，选择合适时间品茗细读，与之达到心领神会的交融。这或许才是一份报纸在新闻之外能够带给读者的最佳阅读体验。

1982年自复旦大学毕业，我进入报社，先是编辑《北京晚报》副刊《五色土》，后是编辑《人民日报》副刊《大地》，长达三十四年的光阴，几乎都是在编辑副刊。除了编辑副刊，我还在《中国青年报》《新民晚报》《南方周末》等的副刊上，开设了多年个人专栏。副刊与我，可谓不离不弃。编辑副刊三十余年，有幸与不少前辈文人交往，而他们中间的不少人，都曾编辑过副刊，如夏衍、沈从文、萧乾、刘北汜、吴祖光、郁风、柯灵、黄裳、袁鹰、姜德明等。在不同时期的这些前辈编辑那里，我感受着百年之间中国报纸副刊的斑斓景象与编辑情怀。

行将退休，编辑一套"副刊文丛"的想法愈加强烈。尽管面临新媒体的挑战，不少报纸副刊如今仍以其稳定性、原创性、丰富性等特点，坚守着文化品位和文化传承。一大批副刊编辑，不急不躁，沉着坚韧，以各自的才华和眼光，既编辑好不同精品专栏，又笔耕不辍，佳作迭出。鉴于此，我觉得有必要将中国各地报纸副刊的作品，以不同编辑方式予以整合，集中呈现，使纸媒副刊作品，在与新媒体的博弈中，以出版物的形式，留存历史，留存文化，便于日后人们借这套丛书领略中文报纸副刊（包括海外）曾经拥有过的丰富景象。

"副刊文丛"设想以两种类型出版，每年大约出版二十种。

第一类：精品栏目荟萃。约请各地中文报纸副刊，挑选精品专栏若干编选，涵盖文化、人物、历史、美术、收藏等领域。

第二类：个人作品精选。副刊编辑、在副刊开设个人专栏的作者，人才济济，各有专长，可从中挑选若干，编辑个人作品集。

初步计划先从20世纪80年代开始编选，然后，再往前延伸，直到"五四新文学"时期。如能坚持多年，相信能大致呈现中国报纸副刊的重要成果。

将这一想法与大象出版社社长王刘纯兄沟通，得到王兄的大力支持。如此大规模的一套"副刊文丛"，只有得到大象出版社各位同人的鼎力相助，构想才有一个落地的坚实平台。与大象出版社合作二十年，友情笃深，感谢历届社长和编辑们对我的支持，一直感觉自己仿佛早已是他们中间的一员。

在开始编选"副刊文丛"过程中，得到不少前辈与友人的支持。感谢王刘纯兄应允与我一起担任丛书主编,感谢袁鹰、姜德明两位副刊前辈同意出任"副刊文丛"的顾问,感谢姜德明先生为我编选的《副刊面面观》一书写序……

特别感谢所有来自海内外参与这套丛书的作者与朋友,没有你们的大力支持,构想不可能落地。

期待"副刊文丛"能够得到副刊编辑和读者的认可。期待更多朋友参与其中。期待"副刊文丛"能够坚持下去,真正成为一套文化积累的丛书,延续中文报纸副刊的历史脉络。

我们一起共同努力吧!

2016年7月10日,写于北京酷热中

目 录

序	严建平	1
一往情深	吕瑞英	1
猴年忆猴年	陈白尘	5
明朝知隔几重山	黄茵	9
猴年八度话同庚	施南池	13
求知重德为医之要	姜春华	17
走笔话猴气	李辉	21
我怎样当编辑	赵家璧	26
我爱猴	李谷一	31
"触电"记——书斋之趣	从维熙	34
鸡鸣风雪	褚水敖	40

丁酉杂感	胡中柱	44
本命年？	王 蒙	48
狗不停蹄	秦 怡	51
老狗翻不出新花样	唐振常	54
寄希望于未来	袁雪芬	58
特别的相会	程乃珊	62
第七个本命年	罗竹风	66
永远的摄影迷	黄绍芬	69
乙亥杂谈	草 婴	73
扭不断的"猪腿"	陈 钢	77
本命年心愿	肖复兴	81
鼠年说鼠	端木蕻良	85
鼠年两愿	王辛笛	90
何为我"本命"？	张贤亮	93
本命年的回想	刘绍棠	96
鼠年回忆录	唐 瑜	100

目录

鼠年谈灭鼠	袁 鹰	104
本命年之类	董乐山	108
如斯牛命	冯亦代	111
颂牛	周而复	115
"牛"属说牛	陈建功	118
本命年咏叹调	石方禹	122
放牛的日子	叶 辛	126
我真如一头老牛	贾 芝	130
我这头牛	吴泰昌	135
风雨沧桑阅九寅	苏步青	138
虎年谈虎	杜 宣	142
我是属老虎的	姜 昆	145
我的第五个本命年	苏叔阳	148
谈虎色变	舒 諲	152
忘年	秦绿枝	156
再努一把力	梅 志	160

虎年牛劲	孙颙	163
画兔小记	华君武	166
喜欢兔的善良，不喜欢兔的懦弱	于光远	170
兔子的感觉	吴福辉	173
兔年忆旧	赵金九	176
北大校园里的"兔子"	钱理群	181
不要学那只中途松劲偷懒的兔子	徐中玉	185
我和儿子的艺术之路	俞丽拿	189
春天的故事	丁法章	193
我是一条龙	贾植芳	197
心平气和又一年	舒适	200
后来更好	牧惠	203
人生的驿站	陈燮君	207
蛇年与蛇共舞	邓贤	211
蛇年纪感	臧克家	215
蛇年忆往	彭荆风	217
蛇年回眸	朱大建	222
和平年代	陈保平	226

小龙也是龙	蒋子龙	229
生于蛇年	徐小斌	233
去掉最高最低分	刘心武	237
也是"马语"	叶文玲	242
写呀写呀写呀	秦文君	247
马年的滋味	冯骥才	250
马站着睡觉	李国文	254
只要你开心	张 欣	259
我的马儿	陈 村	262
别再涮命	蓝 翎	266
话说本命年	束纫秋	270
年年都有新希望	张香桐	274
我在本命年"下岗"	罗达成	276
羊年寄语	钱谷融	280
玩具羊	范小青	282
羊年的金羊毛	沈嘉禄	285
又到羊年	任仲伦	289

序

严建平

编过副刊的朋友都知道,每当春节来临,便仿佛迎来了一场考试。春节年年过,要想出好的选题,需要开动脑筋,如果落入俗套,那就是不及格。

1992年,正逢《新民晚报》复刊10周年,这一年的春节选题也就显得格外重要了。在讨论中,同人们提到正在走红的猴年生肖票,而当年恰是壬申猴年,可否在猴的身上做文章?这给了我启发,萌生了寻找肖猴的名人写一组《猴年自画像》的念头。于是，从资料室搬来中国现代文学家和艺术家等辞典，分头寻找起来。那些天，碰到熟悉的作者，也顾不上礼貌，开口便打听贵庚芳龄。在组稿过程中，有不少令人感动的事例：老作家陈白尘先生患头晕症已封笔多年，他女儿来信说："因为父亲同《新民晚报》有特殊的感情，所以破了例。"赵家璧先生为了等候编辑来访，放弃了午休。中医名家姜春华先生患病住院，在病榻上口述成文。一组《猴年自画像》如期刊出，为新春佳节增添了气氛。在此基础上，《夜光杯》后来专辟了一个《本命年笔谈》专栏，放在每年春节期间刊出。

需要说明的是，猴年之后的鸡年，并未有意组稿，虽然谈鸡的文章不少，但写自己本命年的只有从维熙先生的一篇，好在今年适逢鸡年，补上几篇，也算是弥补了缺憾。

这次大象出版社征集"副刊文丛"的选题，我就报了《本命年笔谈》，主编李辉兄立表赞同。也真是有缘，当年那组《猴年自画像》，就有李辉兄的一篇《走笔话猴气》。说起这个专栏，还要特别感谢当年《新民晚报》驻京特约编辑高汾老师，这本集子中的北京名家的文章，大多是她帮助约稿的。高汾老师去世已经四年了，我深深地怀念着她。值得庆幸的是，当年参与策划的《新民晚报》原资料室负责人於耀毅兄还未离岗，他在退休前的一个月里，下载了《本命年笔谈》的全部文章。在此，要向他表示最诚挚的感谢！回顾这部书稿的形成，我有这样两点体会：一是办好副刊，策划很重要；二是办事靠大家，才能有好稿。

2017 年 11 月

一往情深

吕瑞英

生活中,每个人都有自己的个性,有的人爱静,有的人爱动。也许因为我是属猴的,"猢狲屁股坐不住",所以我总是喜欢忙,天生的一个"劳碌命"。

现在我担任上海越剧院三团的艺术总监,我的宗旨就是要出人出戏。可要做到这点,又有多少问题需要解决——资金困难,排练场地小,演员们的奖金一季度才100元,怎样调动大家的积极性,真是千头万绪。我自认不是有多大能力的人，但我从8岁学戏开始，对越剧这个事业，对我合作多年的伙伴们，对热爱我们的观众，却是一往情深的。

我想，越剧这个剧种，在我国的戏曲艺术中，是一个充满青春活力的剧种之一，她的繁荣兴盛，正是由于她拥有了一大批能独树一帜、承前启后的演员。我了解我们的观众，如果说五六十年代，老观众喜欢看悲欢离合、神奇色彩的故事的话，那我们推出的《梁祝》《红楼梦》正符合那时反封建的要求。可喜的是今天我们越剧三团同样有一支实力雄厚的演员队伍，在反映现实生活方面，甚至比女子越剧团更胜一筹。我们拥有像史济华、赵志刚、张国华那样深受观众喜爱的男演员，只要我们能把握时代的脉搏，选用好剧本，再配有先进的音响、灯光等舞台效果，我们一定可以吸引今天的年轻观众。

最近，我们移植了优秀的闽剧剧目《天鹅宴》。这出戏发生在唐太宗李世民时期，洛阳都督将田蛾成灾谎报成天鹅云集，使李世民大悦，欲摆天鹅盛宴款待群臣和海外使臣。然而田蛾怎能变成天鹅？围绕天鹅宴引发了一连串的故事，剧中塑造了一位只会说真话不会作假，因而做了30年县官仍得不到升迁的七品芝麻官形象。这个新编的历史轻喜剧对今天还是很有现实意义的。

这个戏是个群戏，我们团几乎所有的演员都上了场。我扮演的是县官的夫人，这是一个天不怕、地不怕、性格开朗的角色，我很喜欢。虽然这仅仅是个配角，同时扮演的人物也非我以往擅长的公主、小姐等花旦，不过作为一个演员，就应当什么都能演、演什么像什么，所以我仍坚持和中青年演员们一起，一遍遍地排练，一场场地配戏。由于得到了大家的支持，我们团搞得很是活跃。有时为了改一句台词、设计一个小小的动作，大家都苦思冥想，绞尽脑汁，大家的心都想着《天鹅宴》，劲也往同一处使。

干工作，就想出成果，我希望我们这出戏能得到广大观众的认可。但有时事情的发展往往会有不尽如人意的地方，假如真是这样的话，我只好承认，或许是我这只"猴子"还不够聪明的缘故吧。

(《新民晚报》1992年2月3日)

猴年忆猴年

陈白尘

我的一生经历过八个猴年,如今也算得上一个"老猴儿"了。回首往事,竟有不少可忆、可叹、可笑、可庆幸的事。

我的第一个猴年,1908年,清王朝的光绪和慈禧相继驾崩。鄙人降生,成为两朝遗少。

第二个猴年是1920年,我12岁,母亲封我为"孙悟空",父亲是"唐僧"。不料,小小的"孙猴儿"

常年逃学，终被发现，"唐三藏"，即我的父亲，并不念紧箍咒，却打了我一顿屁股，但也只是唯一的一次。此后，我受业于恩师姜藩卿，方开始认真读书。

1932年是我的第三个猴年。这一年，我参加了地下C·Y（即"中国共产主义青年团"），奔走于革命，不幸被捕，被踩了杠子，投入镇江县监狱。但我仍不守"本分"，买通看守，向狱外投稿。自此，我开始了真正的写作生涯。

再过12年后，我随"中华剧艺社"赴成都，在地下党领导的《华西晚报》编副刊，兼任"文协"成都分会常务理事。这一时期，我与一大批在国统区坚持抗战的文艺工作者和国民党党棍进行着斗争，几年间，有《升官图》等十几个多幕或独幕剧及大量散文问世，这是我创作的旺盛期。

第五个猴年，1956年，我被派往波兰参加作家代表大会，因故被阻莫斯科，得以瞻仰列宁、斯大林遗容。归国后，"小猴儿"晶晶诞生。

到了我第六个猴年1968年，我困居"牛棚"，接受审查。"中央专案组"迫令我交待一生的罪行，为此，我滔滔不绝地整整讲了3天。言毕，"专案组"又迫令我在24小时之内将3天所述的"反动历史"写成书面交待，并打上手模脚印。无"讨价还价"余地，遂穷一昼一夜功夫，准时于24小时之内写出约3万字的书面交待，但并未打上手模脚印。此后，被迫下放湖北咸宁文化部"五七干校"，在湖泊沼泽与鸭子为伴。

1980年是我的第七个猴年，"四人帮"倒台了，我也重新恢复了写作生活。前两年，我被匡亚明校长聘为南京大学中文系教授兼系主任。上任一学期，文兴大发，连续写作了《大风歌》《阿Q正传》等剧本及若干散文，可以说这一段时间是中华人民共和国成立以来我创作的最盛期。

今年，到了我第八个猴年，患头晕症6年多来，我除了在南京大学继续招收研究生，已逐渐谢绝社会活动，闭门养病。不能写作，至为苦闷，便常常和老伴儿金玲回忆往事以解寂寞。孙儿绕膝，也常讲述些儿时的事，相对抚掌大笑，以为乐趣。

第九个猴年,该是2004年了,届时不知我身在何处,但香港、澳门已经回归祖国,至于台湾,想也与祖国大陆统一了。那时,希望儿女们"家祭无忘告乃翁"。

(《新民晚报》1992年2月4日)

明朝知隔几重山

黄 茵

又是猴年。

曾在海南的猴岛上拍摄猴子,见猴群总是呼啸而来,呼啸而去,十分有趣。想来猴子都是坐不住的,不知属猴的人是不是都有这么一点猴性?

我也属猴,常想,要是个男人就好了,出门在外也不会有什么不便,总不似一个女的,独自走走夜路还少不得考虑一下安全问题。不过担心归担心,出门总归是高兴的事。属猴的人，大概都坐不住吧？也幸好干了一份不用年年月月坐在一间屋子里的职业。记得小时候上幼儿园，没几天就邀上几个小朋友逃园出走，半路上被截住，送回家一顿好打。高中毕业后当了工人，在流水线上一干就是8年，那时我就像有什么预感似的，对一同干活的女工说，以后我要做记者，把我想去的地方都去了。后来运气不错，让我考进杂志社去，当了10年的记者，遂了我当初的心愿。

但我却是猴性不改，总觉得想去的地方仍远没有去够。一说起中国地图上的哪里哪里如何如何，简直就眉飞色舞，恨不得马上就收拾了行囊上路。昨日在编辑部里跟同室的小吴聊天，她说她的先生有时当导游带团去旅游，有很多的趣事。我一听就羡慕得不行，赶紧问她：我能不能也去客串一下当导游？小吴说现在不行了，管理很严，当导游都要考证的。我叹了口气，却还是不死心地问她：要是有些时候，譬如过年，没有导游愿意离家呢？又譬如西藏，要是导游害怕那里缺氧，我是不怕的，也许可以让我顶替他们干个十天半月吧？我每年都有假期的，也不要他们的工钱，只要管我来回路费和住宿费就行了。小吴说，你不行，你没有导游证，当不了导游的。

没有足够的时间，也没有足够的钱，这在我真是一件悲哀的事情，因为这就意味着我必须老待在一个城市里，天天走着同样的街道，见着同样的面庞，说着差不多的那些话。如果养老，这种生活大概还不坏，反正你也走不动了，整日安安稳稳静静养着，在哪儿待着怕都没有什么区别。可是一个精力充沛、有想象力的人，怎么能够老坐在一间屋子里而不想入非非呢？

前年夏天，曾和我一道进藏的女友来邀我去神农架，我心痒痒的，又怕请示领导不让我去，就预备下全部要交的稿件，又附上一张条子，说我休工龄假了。于是就一溜烟地去了神农架。路上，顺道也去了武当山，脚走得一拐一拐的。回来后被领导好一顿批评，我也不算休假，因为我先斩后奏，是旷工，扣了12天的工资和奖金。去年一年，我几乎就没怎么出门，只出了一趟差，去海南。老待在广州，闷都能把人闷死。你想想，关在笼子里的猴子，怎比养在山上的猴子活得惬意呢？这也是人在江湖，身不由己。

晚上在家中看闲书，最爱一句"马上相逢须尽醉，明朝知隔几重山"。平素也是跟远方的朋友最投缘，也许就为这份浪子情怀吧，猴年里，祈愿我这属猴的人能走点活泼泼的"猴"运。

(《新民晚报》1992年2月5日)

猴年八度话同庚

施南池

不知从哪个时代开始（可能在春秋时代）把人的生年跟天干地支挂起钩来，更不知什么时候开始把人的生年根据12个地支和12种动物的"生肖"定出子鼠、丑牛、寅虎、卯兔、辰龙、巳蛇、午马、未羊、申猴、酉鸡、戌狗、亥猪来。我知识浅薄，不知来历，也懒得去翻书查考。但望文生义，肖者肖也，就是说像某一种动物。那么，我生于庚申年，肖猴。今年85岁，已经迎来第八个猴年了。

现在谈谈我自己肖猴而欣逢第八个猴年的故事吧！由于自己肖猴，每逢差不多年龄的朋友，就喜欢请教"高龄多少"，经常会遇到同龄、同肖、同道的"三同朋友"。比如北京吴作人，是著名画家。在40多年前认识。当时他在南京中央大学艺术系教书。初见面时，彼此年纪还轻，也不关心年龄问题。70年代在北京相见时，我俩都是鬓发花白了，他先问："老兄尊庚多少？"我说："68岁了。"作人讲："我也68岁了。"那么，大家都"肖猴"嘛！我心里想我的地位、艺术水平虽然不能和他比，可是大家"肖猴"，又大家喜欢画画，这可以说由于"肖猴"而喜欢模仿自然。杭州陆抑非也是著名画家，比吴作人认识得还早。他也是"肖猴"，也是我同龄、同肖、同道的"三同朋友"。他身体很差，经常有病，有一次在湖上相见，他风趣地讲："我是罪孽深重，三次吃刀！"意思是三次患病，经过三次大手术而告痊。我说："你这个老猢狲真是得天独厚，吃刀不死，必有后福啊！"另外，温州平阳才子、华东师范大学教授苏渊雷，他和我也是同龄、同肖、同道的朋友。他才思敏捷，七步成章，身体也十分健康，嗜酒如命，口袋里经常藏着酒瓶，如此天真潇洒，行动轻松，望之如四五十岁的人，很像猴子。至于其他同庚、同肖猴的朋友还有，这里不多谈了。

我想再谈一位和我同"肖猴"而长我12岁的老师刘海粟先生。刘先生身材高大，声音洪亮，他十上黄山，三度游欧洲。笔参造化，描写大自然，可称是"猴大王"了。

接下去略谈一下自己"猴岁欣逢第八回"的心情。我生性喜欢活动，也爱模仿，模仿自然景物，作画。这些情况确也有些"肖猴"的性情。自己深感庆幸，虽然85岁了，尚称健康，还是喜欢活动，喜欢模山范水，到处浏览观光。回忆我在第三、第四个猴年之间，喜欢作画之外，还喜欢写作与艺术有关的诗文。譬如一本《中国名画观摩记》（商务印书馆出版）就是在那个年代中写成的。最近我翻阅《申报》缩印本，看到我在第四、第五个猴年之间的写作很多，包括评介一些著名画家的展览等。而第五、第六个猴年之间,是我登山临水最多的时期。我在68岁时,还登上海拔1800米高的黄山天都峰、泰山日观峰呢!在这12年中,我曾三上黄山、泰山,四次入湘、三登衡山极顶,两渡桂林漓江,五游富春、新安、千岛湖。其他游玩的地方如天台、雁荡、武夷、嵩山、华山、长江三峡、贵州黄果树、厦门鼓浪屿、宁夏贺兰山等,真有身行万里半神州,范水模山不服老的气概。自己也暗暗地想真是有猢狲精神。我1986年在上海举行《施南池名胜纪游画展》,1987年北京华夏出版社替我出《施南池名胜纪游画集》。这些都是我在第六、第七个猴年中间12年的活动。目前开始度我第八回猴年,我将继续从事旅游、写作、绘画的活动,向第九、第十……个猴年进军。

(《新民晚报》1992年2月6日)

求知重德为医之要

姜春华

人生一世,有时想来也真是弹指一挥间的事。我1908年生于江苏南通,倏忽之间也已过了八十有四,忝居名老中医之列,实在也是有愧。前几日,明方来探我,老少闲聊,倒也有兴致。按我的出生年月,当为属猴,然我自己却一直记得是属鸡的,是对是错自己也有些糊涂了,看来还是得按出生年月"拨乱反正"。

猴性好动,我却好静。我18岁那年赤手空拳来到上海，凭着随父侍诊的有限临床经验和对病人的同情之心，慢慢地居然也在上海滩这个大地方做出了名堂，站稳了脚跟。许多人喜欢问我的所谓名医之路，我以为我的秘诀便是刻苦地读书。读书要人静，要全身心地投入，一目十行，三天打鱼，两天晒网，那是不行的。一日不看书，病矣。我一生无甚财富积累，收入多半用来买书看书。我看的书也很杂，不仅仅是医书，经、史、子、集，儒、道、佛学，以及西方哲学、社会学之类，都翻都看。厚积方可薄发。但是，读书也要思考，所谓"学而不思则罔"。古人前人的理论说法，有对也有错，要经过自己的脑袋去思考，人云亦云，跟着人家脚跟转是没有出息的。我曾很长时间在身边备有小本子，名"医林呓语"，专门摘录医书中不切实际的记载。如有一书中记某患病，诊为3年前饮酒所致，予以服药催吐，吐物犹有酒味。酒置在露天隔日气味即无，岂有3年之久呕有酒味来？可见其谬。如今我闻知一些小医生不好学问，不求甚解，背出了十几张汤剂歌诀便以为可以应付门诊，我听了看了心里真的很焦虑。

为医当重医德，清代名医费伯雄曾言："欲救人而学医则可，欲谋私利而学医则不可。"为医者首先不是为了钱，而是以一己体恤之心解救病人疾难，皆如至亲之想。诊病疗疾不能打包票，西医中医都不能包治百病。特别像我们这些有了名气的医生，也不能为了顾全自己个人的名誉，对待看不好的病硬去打肿脸充胖子，结果是贻误病人也害了自己。其实这也是一种医德的体现。虽然有些不那么合流，有些迂，但我依然不悔。

想来也是垂垂老矣。去年10月因为尿毒症住院至今，每天做着腹膜透析。想有点猴性也由不得自己了，动弹不得，脑子却是清醒的。因为白内障，看书也只能戴上老花镜加放大镜，非常吃力，但也是每天坚持着看一点，权作消闲了。生活总是充满着辩证法的机智，可动之时欲静，欲动之时又不得不静，静得让人心烦心慌。我真怀疑属相与人之真性之间的有序与无序。乐山凌云寺有一楹联称："笑古笑今，笑东笑西，笑南笑北,笑来笑去,笑自己原来无知无识;观事观物,观天观地,观日观月,观上观下,观他人总是有高有低。"吟诵之余,可思可感。

(《新民晚报》1992年2月7日)

走笔话猴气

李 辉

"你属什么？属猴？嘿，太像了！"

不知为什么，熟悉我的人，常常对我发出这样的感叹。时间一久，我自己也就以像猴而自得其乐了，不管它有着什么好的、坏的含义。

我长得当然不能说像猴。不过，由于人太瘦，且脸形小，虽然自以为形象还过得去，但也常有亲友挖苦我"尖嘴猴腮"。最让我难堪的倒是我没有一副虎背熊腰的魁梧架子，身高不到1.7米（按现在找对象的标准是二级残废），体重从未超过120斤。这样一个躯体，让人说成像猴，也就无法反驳了。

当然，朋友们感叹我"太像猴"，并不是从外表着眼。在他们看来，我有一些"猴气"。我的理解，这是在夸我哩！活泼，灵巧，不惹人嫌——姑且用这些好听的词儿吧。如果用另外的词儿，那大概会是不安分，肤浅，鬼点子多，等等。

离开家乡久了，每次回到那里，遇到一些前辈，他们可不管我已是30开外的人了，时常会当众讲出几件我小时候猴里猴气的"壮举"来。我的童年是在乡镇度过的，那时家里总是养鸡养鸭养兔子。老人们说，在我只有两三岁时，有好几次我失踪了，最后他们终于在鸡窝或兔子窝里找到我。我这位勇敢的小"猴子"把那些主人一个个扔出去，自己反客为主，占山为王了。据说我还有脸皮特厚的时候，来了客人，会缠着他们看我表演节目，哪怕他们已经无法忍受我的表演的折磨。不过，鬼点子多或者说反应灵活，可让我小时候免去了不少皮肉之苦。有时被罚跪在洗衣板上（父亲是一个严厉的人），在尚未感到痛苦之前，我会突然发现一枚钱币，便异乎寻常地惊叫一声："爸爸，那儿有5分钱！"结果，一片童真而使我化险为夷。事实证明，童年的这种"猴气"，往往有它独到的作用，在我的记忆中，因为有了它，我便比哥哥少了许多惩罚。即使我和哥哥同时惹事，我也会在大人发火之前，做出一两件让他们消火的事情。哥哥没有这种"猴气"，也就只好"独享其成"了。

已经三度与猴年相逢了，还提起这些颇不雅观的往事，可见江山易改，本性难移了。

人到了愉快地回忆童年种种往事的年纪，当然不会再相信属相、生辰就能决定人的性格、命运，在本命年谈"猴气"，只不过借此为题做文章而已。我相信，生于猴年，不一定带有"猴气"；带有"猴气"，却又并非生于猴年。人的性格的形成，必然有着各方面的因素。

不过，就我自己而言，为自己诞生于猴年且带一点儿"猴气"而感到些许满足。那些性格中的"猴气",虽然时常会给自己的生活、创作带来一些局限,譬如缺乏一种深沉,一种执着,一种世故,但更多的时候是带给我快乐。正是这种性格,决定我能乐观地看待生活,即使难免有痛苦、有忧郁,但更多的时候是微笑、是轻松。也是这种性格,使我能比较宽容地对待世界,除非无法忍受的人或物,一般我都会友好地与之相处。在动物世界里,猴子是否如此,我不知道,反正生活中我就如此,以后大概仍会如此。

有了某些"猴气",我的体会是,尽管它也许不会让你在创作或研究的某一领域掘一口深井,人也从而厚重深沉起来,但它至少会使一个人活得不那么累,活得多一些乐趣,同时,也能给他人多一些快乐,多一点儿轻松。这几年我所感到满足的是,在年过30之后,居然还学会了游泳、乒乓球、桥牌三项活动(当然只能说是学会)。生活又多了一些内容,真该归功于不安分的"猴气"。

永不知足,永不悲观——我乐于以此来归纳"猴气"。

我为自己有一点儿这样的"猴气"而满足。

（《新民晚报》1992年2月8日）

我怎样当编辑

赵家璧

我生于1908年,肖猴。今年是我遇到的第八个猴年。《夜光杯》编辑约我为自己画像,无奈我已遵医嘱封笔,只能从近著《文坛故旧录——编辑忆旧续集》中摘录一些文字,或可让读者了解我的性格。

人说猴子胆大,如孙悟空的无畏,而我原先却是个胆小的人,是什么使我变得勇敢了呢?

我在良友时期,在前辈作家领导下,曾经编了一套十卷本《中国新文学大系（1917—1927）》第一辑，顺利地在一年半时间内完成。

我向良友经理建议编辑出版这样一部规模宏大、编选者都是国内文化界知名人士、投资巨万、风险不小的大丛书，那时我不过25岁，离开大学不满3年，现在回顾，只有用"初生之犊不畏虎"这句成语来描摹我当时不自量力的闯劲。而1933年11月，国民党反动派的白色恐怖的魔掌已伸入良友公司。国民党特务头子潘公展已明目张胆地写信给良友经理，威吓迫害，要我和《良友画报》主编马国亮两人立即辞去原职。正在这风雨交迫之际，良友对此庞大计划，敢于上马。如今回想，除了革命时代的潮流对我思想上的冲击和影响，靠的是两股力量，第一是良友经理伍联德和余汉生二人生来一副广东籍企业家所特有的硬骨头精神，爱护祖国，主持正义，不畏强暴，知人善任的可贵美德；第二是左联作家鲁迅、茅盾、郑伯奇、阿英等，成为我事业上的靠山，使我这个出身于地主家庭，胆小怕事，未经世故的青年编辑，一下成了个勇敢的人，推出了这部至今还富有生命力的书籍。

人说猴子精明，而我实在也不能算精明。只是在编辑工作的实践中，培养起事事必须认真去做的风格。

我记得当时我当编辑，不仅管选题、组稿、审读、核对史实、看初校毛样、末校毛样（另设有校对科专司其事）等编辑分内的事，我写字台上还有一大叠16开直印横排的图书成本表，包括各种费用（当然是估计，有的要向其他部门请教查算），再以初版2000册为基数，毛估每册的售价，得出一个盈亏的结果。这张表是我设计的，用以送经理过目，好让他放心。这些空白的表格，内容、项目之类，都是我自己凭实践得出来的，有些事虽非编辑分内所应知道，我也试图做到在经济账上心中有个数。此外，我兼管所有我编的出版物在内外报刊上的广告设计和内容介绍等。所谓内刊，主要指自己出的期刊，比如月出一期销数4万份的《良友画报》等。《良友画报》虽非我主编，但我在良友时期编辑出版的二三百种图书、画库等，最早的广告都是第一次在《良友画报》上与读者见面的。不但在各种良友版画报上，包括林语堂主编由良友出版的《人间世》各期封底广告，以及巴金、靳以主编的《文季月刊》上所有本版书广告，都出自我手。这也许和我中学时代担任校刊《晨曦季刊》总编辑时兼任广告主任有关。至于刊于《申报》第一面的全版广告，开始时我也亲自动手，以后汪汉雯来协助文艺书的美术装帧设计，有些广告，便请他协助了。

对《新文学大系》，曾出了三种样本，在发售预约时，等于赠送给预约者的（36开一小册，收成本一角）。这些宣传推销等工作，有关出版物的销路，我都抓得很紧。

今天的出版社与书店明确分工，使得编书者不必去关心出版物的命运，把文稿送出编辑室大门，就万事大吉。现在出版社虽也设有总编室，下分宣传广告等专门小组，但对出版样本之类，非常厌烦。这类事与整个出版体制有关，但是对新书出版后，不见广告宣传，作者和读者都是很有意见的。我上述的那套编辑包办一切，也并非所有旧社会出版社编辑都那样，我相信大出版社如商务印书馆、中华书局，编辑绝不如此打杂，样样管。我仅仅借自己过去那种编辑包干一切的落后的手工业方式，来顺便说说我是怎样当编辑的。

（《新民晚报》1992年2月9日）

我爱猴

李谷一

我对猴别有一番钟爱。孩提时,欢乐之一是由大人们领着我去公园看猴。真正认识猴、理解猴,是少年时废寝忘食地捧读《西游记》之后,对天杰地灵的造物——孙老前辈的崇敬之心延续至今。从心灵深层挖掘,我爱猴敬猴的原因,归于我属猴,命中注定我要带着几分猴气面对人生坎坷。

1968年,是我人生中经历的第三个猴年。那时,谁也不会忘记是史无前例的年代。我因演过一出颇为轰动的《补锅》，和许许多多的演员一样，被视为"黑尖子"而赶出了十分酷爱的艺术殿堂，到广阔天地去接受触及灵魂的改造。好在我自身的猴气有灵，倒也在艰难之中，做得几手农活，兼顾一点"赤脚医生"的副业，颇受乡亲们的敬爱。

1980年，我跨入第四个猴年。又是猴气使然，我的艺术观也超前了一步，跨越了传统声乐规范的雷池，以一曲《乡恋》为引子，有些人掀起一场几乎耸动全国的批评浪潮，"靡靡之音"的紧箍咒套在头上。我属于那种倔猴，不到西天绝不跪饶。今天回眸，在改革大潮的无数浪尖上，我曾翻起一朵水花，也可自慰了。

今年，我又迎来了第五个猴年。回首这匆匆逝去的12年，坎坷艰难之中，中国轻音乐团成立了，一批年青新秀成长起来，我们乐团的排练楼即将竣工……这是充满泪影的欢乐。新春伊始，不愿再勾起心中的万般愁绪。有一点，天降孙大圣，就是命其开拓、拼搏，历经磨难的，我们这代人亦然。

人生旅程四十八载，舞台生涯三十春秋，我有时深感疲惫，时时想回自己的"花果山"——湖南老家小憩一阵。但是，心欲静而"风"不止，事业和艺术的春风不断催人向前。细想起来，咱们的悟空祖宗，历经九九八十一难方成正果，相比之下，咱们这些徒儿们，一九尚未闯过，前面的路还长着呢！我们该有信心。

（《新民晚报》1992年2月12日）

"触电"记——书斋之趣

从维熙

"触电"已然 8 年了。记得,我刚刚弃笔时,曾在电话中动员天津的冯骥才弃笔。

他与我开玩笑说:"我不学那玩艺儿。你想想,写文章先要进入键盘的 A、B、C、D……然后再用手指敲打那些洋文字码,那不是等于戴着面纱与恋人接吻吗?用天津话说,那还有嘛味儿?嘴唇碰到的是面纱,而不是唇与唇的碰撞,能燃烧起激情的火花吗?"言罢,一阵哈哈大笑。

大冯天生是个情种,他把笔耕与电脑写作,来了个人性化的比喻,着实让我哭笑不得。但是我很快找到了回击他的话语,训斥他道:"你别对我嘿嘿傻笑,古人说的'犹抱琵琶半遮面',曲径通幽也有它独到的朦胧之乐!"

他反诘我说:"那你跟嫂子,是不是经常如此'朦胧'?……"

我立刻打断他的话,把对话移位到主题之上。我告诫他在抢救民俗文化的同时,不要成为一个文化古董,并用邓小平的"科学是第一生产力"的坐标,警示他要跟上时代。他见我动真格的了,才对我道出了实情:"我何尝不知道弃笔'触电',是时代对文人的要求,可是我成年累月地在外边跑,难得静下心思钻进电脑键盘上的A、B、C、D,好在我虽不敲打电脑键盘,天津文联有人为我代劳并发送电子邮件。老兄你想想,我大冯能成为一具时代的'木乃伊'吗?"

看似水火不容。

实为灵犀相通。

电话断了之后,我的思绪还不能立刻安静下来。我想:从文学的本质上说,大冯的一番戏言,不能说没有一点道理。因为文学是感性与理性结合的产儿,但其生命内核的燃点,是感情火焰升腾后引发创作灵感的爆发。因而,弃笔而使用电脑,在演绎成为文字的方法上,比笔耕多多少少是拐了个小弯。我没有使用电脑之前,也曾对它感到感情上的陌生。比如,我觉得一台机器放在你面前,有碍你挥发怀古之幽思,更谈不到笔飞墨舞之情趣。我是个性情中人,虽然知道今天地球已进入电子世界,如果还留恋"钻木取火",硬是不去使用电灯,不但自己会耳目失聪,还会浪费许多宝贵的时间,但由于中国文人的传统积习,自己一时难以破壳而飞。

说起来也像是个笑话。1997年的某一天,一位作家朋友在电话中与我闲聊,在规劝我要少吸烟的同时,为我提供了一个减少吸烟的方法。我问他有何妙方,他说用电脑行文,可以达到少吸烟的效果。我茫然不知其意,问他为何能有此神奇作用,他说暂时对我秘而不宣，让我在实践中自寻答案。我是烟鬼，虽自知其有损健康，但无自我约束能力。于是便在茫茫然的情况下，伏案于一台笔记本之前，开始与电脑"联姻"了。当我进入电子世界之后，这个奥秘便不解自破了：敲打键盘无法像笔耕那般，左手拿烟右手挥笔，它要你两只手同时上阵，因而腾不出手来拿烟了。此其一也。其二，你想把烟夹在唇间倒是可以，但又无法解决烟灰向键盘里飞落的问题。真妙！进入电脑还能解决我烟不离嘴的问题，有助于我的健康，何乐而不为之？

可以说，我进入电子世界完全出于偶然。但是一旦迈进这个门槛，乐趣也就随之而来。电脑不仅让我减少了吸烟，还帮我快速行文——特别是减少了我笔耕之疲惫。一旦感到手指酸了，只要移动一下鼠标位置，宇宙的大千世界，立刻可以展示在你的面前。无论是终年积雪的阿尔卑斯山，还是在地下沉睡了多年的兵马俑，抑或是意大利的比萨斜塔，还是田园中盛开的郁金香……只要你想看其宏伟观其娟秀，网络像个无所不能之神，带着你远行到天之涯海之角，并帮着你寻觅你要看到的奇伟图像——该怎么说呢，网络里深藏着宇宙的大千世界。

前些天，我去邮局给友人寄我出版的新书时，一位年轻的邮局工作人员询问我说："您老这几年是不是出国了？怎么总是不见你来邮寄大宗邮件了？"我说："鸟枪换炮了，使用上电脑之后，电子邮件取代了文稿的邮递，便很少麻烦你们邮局了！"他听了之后十分惊愕："您老今年多大了，还能鼓捣那玩艺儿？"我撩开衣襟，让他看了看我系在腰间的红腰带："我属相为鸡，今年是我的本命年，老翁已然七十有二了！"他将信将疑地说："都这把年纪了，您老还能玩'现代化'？"我说："形势逼人，不得不弃笔'触电'了！"他指了指他桌子上的电脑，追问我说："您老是打拼音，还是玩'五笔'？"我伸直了我的五指："从难从严，一步到位。"他伸直了拇指说："您老真行，我还使用拼音敲字呢！"

也难怪他对我感到惊愕，连我自己也说不清怎么一下子就迈入了电子世界。当然，让我感触最深的是，过去的笔耕年代，我好像走在一条文学的单行道上，弃笔"触电"写作之后，则如同走上了一座文学的立体交叉桥。你如果要了解友人的创作情况，不必去打电话询问，只要轻轻移动鼠标，自己与友人们的创作现状——包括社会群体对你的评说，都呈现在你面前了。让我最感兴趣的是，这些评说中虽然不乏插科打诨的戏说之类，给你提供了"树林子大，什么鸟儿都有"的认知，但也有一些评说，当真比一些两眼只认识"红包"的评论家的"轴承"舌头，来得要淋漓爽透得多。

因而，我感谢科学为文学构筑起来的文化立体交叉桥。它不仅能让作家高瞻远瞩，激励自我奋发的求新之志，还像是一面镜子，供一些有自视自审心愿的作家，在自照污垢之后，在行文和做人方面，有一个更为完美的追求！

（《新民晚报》2005 年 11 月 3 日）

鸡鸣风雪

褚水敖

成语"鸡鸣风雨",典出《诗经》"风雨凄凄,鸡鸣喈喈"。我这"鸡鸣风雪"没有出典,纯属杜撰,可是它非常真切地道出了我青年时代壮怀激烈的经历。

记得儿时,勤奋的母亲要我们做儿女的也和她一样勤奋,对我们要求很严。我要是早上睡懒觉,她会一把掀开我的被子,高声说:"起来!不起来打屁股了!"她说我是属鸡的,又是男孩,更得早起。雄鸡不待天公破晓,就要打鸣,它自己不睡懒觉,还要把人间叫醒。

母亲是第一个教会我属相暗示的人。她认为属鸡的人必须比不属鸡的更为勤勉。这暗示于是化成我长大以后的生活习惯,早上,我是从来不会在太阳照进房间还赖在床上的。

非但如此,我还与雄鸡必然早起相联系,在生活各个方面崇尚闻鸡起舞、踔厉风发的精神,磨砺自己的意志,激发自己的冲劲,特别在我年轻的时候。

有两件我毕生难忘的事,在我脑中总是记忆清晰。

第一件事发生在我刚进北京大学不久。寒冬腊月,我偕同我在中文系的学长、如今家居上海嘉定的作家赖云青,雪夜攀登泰山。那日傍晚,我们到了泰安,大雪下得正紧,寒风凛冽。血气方刚的我们,冒着漫天飞雪,奔到泰山脚下,决心来一次壮行:当夜登上泰山之巅。与风雪的搏斗开始了!一路上说不尽的山道崎岖、打滑,飞雪频频刺脸,我们俩毫无惧色,奋然攀越。子夜时分,我们终于登上了峰顶!我身体疲惫但内心欢喜,不禁激动地"啊啊"了几声。我对云青兄说,我是属鸡的,刚才是鸡鸣风雪呢！赖云青赞道："好一个鸡鸣风雪！真有诗意啊！"

又有一次，也是我在北京大学求学的时候。同样是冬季，北国冰天雪地。颐和园的昆明湖冻住了，卡车可以在湖面上奔驰。我约了班上几个同学，到颐和园游玩。在昆明湖上行走，竟然犹如闲庭信步，这与春天、夏时、秋日只能在岸上观赏湖面涟漪，感觉完全不同。尽管下起了雪，而且越下越大，可我们豪兴不减。来到玉带桥畔，看见桥边有一处厚厚的冰层凿开了，露出一汪看上去寒气逼人的水面。一问路人，知道是为了保护湖里的鱼，开出了一块透气的地方。这时，忽然看见有一群穿着红色运动服装的男青年走来，原来是国家游泳队的健将们，特地来这里冬泳。只见他们飞快地脱去运动服装，只留一条裤衩，"扑通，扑通"地跳入冰水，肆无忌惮地畅游起来。我和几位同学从没有见过这种壮观场面，一个个在旁边发呆！

发了一阵儿呆，一位同学忽生奇想："只许他们肆无忌惮吗？我们是不是也下去？"他这么一说，有两位同学立即缩紧了脖子，我和另外两位同学却激昂地异口同声："下去就下去！他们能，我们怎么不能！"于是相互鼓励，说今天非得拼一拼不可。二话不说，立即行动，我们立即脱去裹得严严实实的冬衣，只剩下裤衩。只听得一声狂叫，我们英勇无比地冲到了冰窟窿里！哇，我顿时感觉全身皮肤一阵刺痛，禁不住又在水中大吼了几声，但一会儿之后，痛楚也就缓解了。但毕竟是在冰水里，我一边游，一边还是不住地哇哇大叫，兴奋与激动带来的欢欣，简直无法形容。约莫游了五六分钟，我有点受不住了，我的两位同学还要坚持。当我飞快地爬上冻住的湖面，在风雪中用衬衣使劲擦拭全身时，忍不住又叫了几声。这时我忽然又想起了我是属鸡的，对同学说：我是鸡鸣风雪呢！

这两次惊心动魄的鸡鸣风雪，对我激励太大了。此后，我凡是遇到一些棘手的难事，会油然想起这两次经历，身上就猛然来了劲，难事于我也就变得容易起来。

（《新民晚报》2017年1月28日）

丁酉杂感

胡中柱

花甲重逢,痴长60岁了。几度闭眼开眼,大半辈子过去了。检点平生,为了不负生肖,就以鸡之五德来对照一下,《尔雅翼》有云:"头戴冠者,文也;足搏距者,武也;敌在前敢斗者,勇也;见食相告者,仁也;鸣不失时者,信也。"暗暗自忖,戴冠即为文,想来是文采精华之意,而非谥号中的经天纬地。这样的话,教书育人30余年,传道授业解惑弟子数超过至圣先师的自己，是否配得上这个字？至于仁、信，那一直是追求并力行的。而武、勇，和平时期不需要上战场。一介书生，也少有见义勇为的机会。不过能够做到"耕云钓月，俯视五候"与具有"宁鸣而死，不默而生"的勇气，想来也不会玷污这两字。

如此重视自己的属相，主要是鸡对我华夏民族而言，其联系是太紧密了。《诗经》中有"风雨如晦，鸡鸣不已"的记载，《老子》中有"鸡犬之声相闻"的描写，可见其历史的悠久。汉末的曹操用"千里无鸡鸣"来形容黄巾战乱之后的荒凉。东晋的陶渊明则用"鸡鸣桑树颠"的农家景象来表达他归园田居的喜悦。可见其与人类生活的密切。更进一步的是鸡的那种黎明报晓特性一直为人称道。李贺称"雄鸡一唱天下白"，王安石在杭州飞来峰上"闻道鸡鸣见日升"。唐伯虎在赞美了"武距文冠五色翎"之后，特别点出了那"一声啼散满天星"的威力，说"铜壶玉漏金门下，多少王侯勒马听"。诗人们如此颂扬鸡的这种特点，想必是那到时即啼、万古不变的行为蕴含着形而上的哲理。

孔子便认为形上为道,形下为器(工具)。而"君子不器"即不做别人的工具。所以赞美了鸡,便是赞美了道,赞美了君子。

有趣的是,神仙世界鸡也有地位。李白的"空中闻天鸡",想必不是凡禽。而一本《西游记》内多少妖魔精怪,俱是飞禽走兽、花木鱼虫所化,就连农家的宝贝、生肖列位的牛都有份儿,唯独鸡不但不是妖,反而是神,两度下界帮助了取经僧。一次是那天下无敌手,连如来佛都对之没奈何的蝎子精,下凡的昴日星官——双冠大公鸡仅仅啼鸣几声,蝎子精当即僵硬而死。另一次是蜈蚣精,被毗蓝菩萨,乃昴日星官之母,用一枚绣花针降服。可见在吴承恩先生的心目中,鸡有着不凡的地位,不知他老人家属什么,待考。

遗憾的是,不知从何时开始,鸡被污名化了,专指一种不太光彩的职业。稽之古书,唐宋诗文尚雅,未见类似字眼。在《海上花列传》《九尾龟》,甚至《二十年目睹之怪现状》中,兔子、猫、马、黄鱼都曾经做过充任。鸡因为同音,更是方便。据《性文化词语汇释》

所言，鸡指妓来源于香港。鸡窦指妓院，鸡头指拉皮条的人，野鸡是私娼。后来便渐渐"一统天下"了。

如此之语已属低俗粗俗了，不但对不起人更对不起鸡。值此鸡年之际，当"拨乱反正"，为国为民，闻鸡起舞，奋发作为。

（《新民晚报》2017年2月8日）

本命年？

王　蒙

我生于1934甲戌年，今年又是甲戌年了，就是说，60了，古人叫作年已花甲。下一个花甲，则是等我120岁的时候。如果那个时候我与《新民晚报》都还平安的话，届时我将给晚报再写一篇文字。

王蒙老矣，尚能饭也，能酒也，能吟咏也，能哭能笑也。乐以忘忧，不知老之将至（或已至），乃是我的写照。至于发愤忘食，没有我的事。第一，不愤，改革开放,歌舞升平,能写能走,不惧跳梁,何愤之有哉?
"忘食"更是没有的事,民以食为天,吃都没有兴趣了,这人的世界观还有救吗?

至于本命年云云,从来都是麻木不仁处之。第一个本命年1946年,12岁,升至初中二年级,无异常,开始与地下党同志联系,矢志革命,很好也。第二个本命年1958年,错定成右派,但是我也从来没有想到这是本命年的干系,那一年属狗的人当中也有好多人没有错划成右派而是官运亨通。第三个本命年1970年,在伊犁蔫着,好在脑袋屁股完整,没触及皮肉,没抄家,乃不幸中之大幸。古人云"大乱避城,小乱避乡",诚金玉良言也。1982年,则是第四个本命年,是年召开了党的第十二次代表大会,本人忝列候补中委,非凶也,惭愧而已。

那么今年呢?今年还是照旧。好好写作,好好做事,好好保养。老了就是老了,用不着不服和勉强做自己做不到的事。老了,一切量力而已。只是要警惕自己,不要僵化,不要老看着年轻人不顺眼,更不要忌妒年轻人的成就。世界是我们的,也是你们的,但是归根结底是你们的。

　　本与命都是好词儿。本是根本,也是本分。不浮不躁,不亡不贪,不痴不迷,不嗔不怨,知道自己知道什么,更要知道自己不知道什么;知道自己能够做到什么,更要知道自己不能够做到什么——方以固本,方以知命。命是生命,也是命运——规律,生气勃勃,知白守黑,风物放眼,世事可赏,清水微波,梦中你我,身心地天,是曰知命。乃能养生,乃能快乐,年年固本,年年知命,何红裤带之需欤?

(《新民晚报》1994年2月10日)

狗不停蹄

秦 怡

过年了,大家围炉而坐,说说笑,开开心。有人问:"秦怡啊,今年是你的本命年,有何打算呀?"我笑答道:"我——还不是狗不停蹄嘛!""那么,拍什么新戏呢?""要拍,就拍《新荒江女侠》!保险叫座!现在拍文艺片太难了,从集资到卖拷贝都要求爷爷告奶奶,'首映式'一举行完就片沉大海。还是去闯闯荒江,当当女侠,好在我没有武功有气功,在《第十二夜》中击过剑，在拍完《女篮五号》三十几年后还照样投篮四投四中呢！"没等说完，我自己就捧腹大笑起来……

不过说真的，去年也真称得上是"狗不停蹄"！忽而上北京，忽而下南京，忽而深圳、广州，忽而杭州、常州。从新加坡经香港时，忙乱中连钱袋带机票全给掏走了，差一点回不了上海……

忙，虽然没忙出个什么名堂，但多少也忙出点乐趣，忙出点宽慰，忙出点希望……

拍戏是自讨苦吃，但却也是自得其乐。电影《梦非梦》中女主角的身份原来拟定为话剧演员或电影演员，我却建议将她改成了歌剧演员，想通过演唱《蝴蝶夫人》和《茶花女》的片断，来更深刻地揭示女主人公浓郁的人性内涵和悲剧情怀。这样，我就一要具备《蝴蝶夫人》和《茶花女》的气度身份，二要学会意大利语，三要对准口形位置，四要掌握动作调度，真可谓是"一心四顾"也！但这不也是一种乐趣吗？

忙中也有宽慰。去年全国各地举行了各种电影回顾展。电影《女篮五号》《青春之歌》《铁道游击队》

和《林则徐》中的林洁、林红、芳林嫂及阿宽嫂和现实中的秦怡同时与观众见面。没想到我们过去创造的艺术形象至今还留驻在人们心间，这真是最大的宽慰。特别是在成都电视台大摆龙门阵，大侃"柳荫街的典故"时，不禁念起50年前与白杨、张瑞芳、舒绣文几位大姐同在重庆话剧舞台上演出的难忘情景……

忙得最高兴的是总算忙出了一点希望。去年高雅艺术开始复苏。政府领导倍加关注。江泽民总书记在看完《梦非梦》后还要我向刘琼同志和老艺术家们问好。因为他认为影片充满了爱心，体现了母爱及人与人之间应有的爱护与关心。我想，世间自有真情在，这是我们艺术家们所应该表现的永恒主题！

新年来了！我大概还是狗不停蹄吧！但是，只要不变成"狗不理"，我还是愿意永远成为文艺舞台的"狗爬犁"！

（《新民晚报》1994年2月11日）

老狗翻不出新花样

唐振常

岁在甲戌,年值本命,受嘱作疏狗之文。3年前,上海电视台《今夜星辰》有一个什么节目,找来几位同庚"展览"一番,每人被派说一句话。派给我的一句话,我不甚满意,以为不如说"老狗翻不出新花样"。除了"狗兄"蒋孔阳先生,众均不以为然,说是何苦骂自己,我则以为自嘲何妨。还是未蒙同意。没有想到这句话留到今天来做了题目。

未明出典,仅据臆断,从前农村或街头耍猴戏的班子的主要表演者，多是一猴一狗，"老狗翻不出新花样"者，大约是指这位狗演员年迈力衰，套数陈旧有限。"老狗"自然是骂人的话。

50年代初，报刊上常有骂（并非批评，真是骂）英国前首相丘吉尔的文字，多称之为老狗丘吉尔，一时"老狗"几乎成了丘吉尔在中国报刊的代名词。其原因无非此老反苏反共。这当然是不公允的。此老在英国、欧洲以至世界历史上作用赫赫，尤以第二次世界大战中，反法西斯之功，他人不可替代。他留下的卷帙浩繁的《第二次世界大战回忆录》，就值得认真一读。他的演说尤为精彩，第二次世界大战中著名的富尔顿演说，也就是1941年德国进攻苏联时富尔顿的广播演说，鼓舞人心，文辞漂亮至极。此老生性幽默，常不失其赤子之心，而有令众人瞠目之举。美国著名记者白修德曾写，盛夏一次去见丘吉尔，敲门而入，发现丘吉尔赤条条一丝不挂，与之谈笑自如。这自然不像英国绅士，却是丘吉尔。这个所谓的"老狗"，其实不失其老趣，倒是颇为可爱的。不信，去问问普通的英国人。

到底人总不愿自认为老狗，3年前，我想说那句话，一则我等（同时出场的诸同庚）既肖狗，又老了，不能不承认；再则，处今之世，至少在我已感对诸般事无能为力。今当本命之年，马齿又增，精力大衰，而世事之变化，更感目不暇接，耳不暇闻，理解已觉困难，遑论有所作为，更遑论自翻花样。"从心所欲"不知何从？"不逾矩"之矩是什么？此话发明者老孔于地下，当然必不知何答。

大者非我所知，请识其小。卡拉OK是什么？不知，也就从未敢去领教。直到半月前，在杭州参加会议，主人宴客，放卡拉OK，主客引吭高歌，原来如此，叫我这个老朽何以应？多年不看京戏了，前一阵子南北名家汇演，报纸上"炒"得热之又热，然而这种打强心针的办法难以救京戏之衰，何况这种针也并不怎么强。于是冒出了所谓"海派《牡丹亭》"，被誉为雅戏俗演。汤显祖、杜丽娘、柳梦梅地下有知，当作何想？梅兰芳、白云生、韩世昌不死，未知能赞同否？本世纪（即20世纪，编者按）20年代，日本研究中国戏曲史的著名大家青木正儿，到北京欲看昆曲而不可得，大发感慨说："遂使激越鄙俚之音独动都城。"今天则"激越鄙俚之音"的皮黄梆子也让位于港台歌星声嘶力竭的喊叫了。不是"老狗翻不出新花样",是老狗不足以应付现在的新花样。谓之为拉倒车乎?似也不那么简单。

说到我的本行。至今尚能安于书斋者有几人?我是几十年连书斋也没有的,似无所谓安了,然心所谓危,不能不言。书愈来愈买不起,买了也没有地方放,堆得乱七八糟,有书等于无书。尽是各种新名词的书看不懂,自然更写不来。这真是翻不出新花样以适应新形势了。所忧者,社会科学尤其人文科学一旦皆因经济大潮而冲决,"礼失求诸野",要等待那些海外的汉学家来"指教",将是一种什么局面?

老狗乎,既翻不出新花样,徒唤奈何之余,求诸自己的良心和责任,只能找出一句被批评过的老话来安慰自己,曰:安贫乐道。或稍补充为:给以安贫乐道的可能。因为老狗毕竟翻不出新花样,也不足以适应新花样。

(《新民晚报》1994年2月13日)

寄希望于未来

袁雪芬

春节前夕,宝钢高雅艺术奖励基金理事会向我颁发了特别荣誉奖。得到这一荣誉,我又高兴又惭愧。高兴的是,一个企业拿出巨额资金提倡、鼓励高雅艺术,这说明随着经济的发展,文化的重要性尤其是高品位艺术的价值,正日益受到社会的重视。惭愧的是,我为艺术做的贡献是微薄的,奖励也是因为已成历史的过去。不过,看到有那么多优秀的中青年艺术人才成长起来,我确实非常兴奋。虽然我已年逾古稀，但我寄希望于未来。

今年是我的第六个本命年。作为一个演员，我早已离开成为生命一部分的舞台，不能再亲自创造美好的艺术形象奉献给观众。然而，我的欢乐和苦恼、渴望和焦虑仍然是与民族艺术尤其是越剧艺术的兴衰紧紧连在一起的。现在，我们国家正经历着深刻的变革，上海的面貌发生着日新月异的变化，文化艺术工作者该怎么办？我以为，最为重要的是增强责任感、使命感，多想想我们承担的神圣职责。我多次申述过一个观点：精神产品的价值、艺术的价值是不能用金钱衡量的，因为它们影响的是人的灵魂，关系着民族整体素质的提高。谁如果脑子里只想着赚钱，就干脆别干这一行。这种看法在有些人看来很有点"背时"，但我绝不后悔。

与一些兄弟剧种、艺术品种相比，上海的越剧落后了。常有人问我："袁雪芬，你作何感想？有何打算？"我虽然在许多方面无能为力或力不从心，但确实有一种负重感。在我的有生之年，我仍要为越剧殚精竭虑。

我是越剧队伍中的一员，自有义不容辞、不可推卸的责任。越剧的出路，在于推进改革。改革既要大胆探索，又要注意科学性，即尊重艺术规律，尊重传统和积累的艺术成果。这两方面并不是截然对立的。因为按马克思主义哲学的观点，自由是对必然的认识和把握。不理会"必然"的随心所欲的莽撞做法，只是一种盲目性，产生不出有价值的作品，更不要说是高品位的精品。51年前进行越剧改革之初，剧种还处在简单、粗糙的阶段，可塑性也强，大刀阔斧的创新尝试有较大余地。即使这样，我们在实践中也是走一步再回过头来看一步，总结一下利弊得失。今天，我绝不赞成固步自封，但我认为既然已经积累了许多经验教训，头脑理应更清醒一些，而且应当以科学的理论武装起来。对于在国内外已产生广泛影响、为广大观众喜闻乐见并为行家认可的剧目，当然也有必要根据今天新的审美观点、用新的艺术手段进行加工和再创造，但不能丢掉原有的精华，因为这些剧目不是属于哪个人、哪个剧团，而是属于全社会。既大胆，又重视科学性，我相信越剧会在进一步改革中重新崛起,拥有光明的未来。

(《新民晚报》1994年2月14日)

特别的相会

程乃珊

据说如今年龄已不是女人的秘密,反倒体重是不可公开的。我颇有同感。

狗年是我的本命年。

年近半百,回头一看:教师、写作人、秘书、企业行政人员、记者……色彩倒还挺丰富的。年近半百,还有多少时间可供我再计划再展望?但我总觉得前面还有长长的一段路要走,有好多事要做!

很欣赏这句话：人的一生，只为了某一个特别的相会！多少往事在记忆中蒸发了，但却留住了精华。每一个精华，都曾以为就是那个"特别的相会"，后来又发现，它可能还在前方。

世上没有绝对不变的东西，所以这个世界才会充满希望，我们才学会等待和计划……同样的原因，我们也要学会敢于放弃，所谓弃旧迎新。

若说我的黄金时代，到现在为止，大约应数作家生涯那10年。但我在中年之际又放弃这可谓已驾轻就熟的轨迹，开辟另一新轨道，3年间我既没发财也未成名，但是，我拥有最宝贵的财富：自信。我仍信心百倍地寻找着那个"特别的相会"。

过去的作家生涯确实舒适安宁，但在70岁以前，我不想过早固定生活模式。如今的生活说不上千辛万险，至少也够辛苦。香港人有句话：手停口就停。那份辛苦可想而知。过去我是被传媒界奉为"嘉宾"，今天我却要想方设法完成我的采访。除此以外，作为一个平民和新移民，还得受许多过去想不到的委屈和屈辱，好在我是写作人，曾经的沧桑不会憋在心里，也不会写在脸上，就让它搁在我的文字里，让有心人浅尝品思。我想，人的每一阶段生活都应有点变化，就像蚕蜕壳、蝶破茧，尽管这么痛苦这么受折磨，但与其令生命的感觉麻木，我宁可任其挣扎和骚动。

记得那晚在冷雨中赶至清水湾电视城，为了写一个王菲专访。等了4个小时都没做到，打电话联络也不行，我几乎要放弃，但还是咬牙挺下来：一来是因为要吃饭，二来是要测试一下自己的能力，最后，终于完成这篇约8000字的专访！日前，我又排尽万难做成了成龙的专访，甚至连他的父亲也采访到了。杂志的外勤总监不信，还亲自打电话来核实，最后脱口一句：你好本事！

我算不上一个出色的记者，但至少我能做记者。我不知从记者到作家这条路有多艰难，但至少，在我，从作家到记者，是不容易的,所谓60岁学吹打: 好本事！

本命年按俗应扎一根红腰带。偏偏跑了好几家店都没合适的，倒有一条绛红色的皮带，价格和样式都十分满意，却因不是大红，只怕玉皇大帝那儿通不过，因而总也懦懦。

上个本命年,我正在文坛上起步,这个本命年,但求仍不白耗时光,不怕活得辛苦,只求活得灿烂。

呵,那个"特别的相会"!

(《新民晚报》1994年2月15日)

第七个本命年

罗竹风

岁次乙亥,猪年。我生于1911年,辛亥年,已是中华民国新纪元。我的乳名叫"汉兴",这大约正是父亲知识分子的雅兴吧。乙亥已是第七个本命年了,身罹百难而尚未"就火",恐怕也是天意吧。最近住院一年四个月,深深感受唯有健康最可贵,是属于自己所有,其他生不俱来,死不带去,莫非身外之物。

在动物中,猪最愚蠢,成天无所事事,它每天只有两件事——吃了睡，睡了吃，一直到身壮膘肥时，一刀了事，为绝大多数人做"贡献"。其家族连绵不断，一直不知改悔，精神可谓博大精深，专门利人，毫不利己。《西游记》还为我们塑造了一位随唐僧去西天取经的猪八戒，法名悟净，雅号天蓬大元帅，也算是为东土众生造福吧。它刁钻古怪，油滑而又愚蠢，经常扮演一个喜剧角色，甚为孩子们所欣赏。

以前都说猪头和猪肝、猪肺、猪肚、猪肠等所谓"下水"上不了大席。不知怎么一来，近几年却登上了大饭店的餐桌，身价百倍了。同时，这些"下水"也依然在小乡镇流行，为阿Q、孔乙己之类的佐酒佳肴，大受粗人们欢迎。

若从全体来提，猪全身是宝。胴体、"下水"、猪头都可炮制成美味。30年代，我在北京读书时，西四牌楼就有一家沙锅居，用猪杂碎能做出百十种好菜来，价廉物美，颇为市民和穷学生们所欣赏。时过几十年，偶尔侃起来，犹回味无穷。此外，猪皮、猪鬃、猪肠衣、猪毛等都有经济价值。以前上海多是带皮猪肉，当然比脱皮肉食路广。这几年来，猪皮也被逐渐剥光，用作皮箱、皮鞋、皮带的原料，足证上海人也终于恍然大悟，并非一直糊涂到底的。

至于广大农村，养猪除供市场食用外，主要是为了积肥。农民一般认为，养猪即使不赚钱，只攒粪就是一笔可观的收入了。猪粪是肥效最高的有机肥，一定可望五谷丰登、年年有余的好运气。老乡们说：种田不养猪，等于瞎胡闹！可谓一针见血！城里人如果缺少猪肉，心情难免"浮动"，啧有烦言。

总之，猪浑身都是宝。它纵然在性格上存在着不少缺陷，但却用自己的无私奉献给人类带来莫大好处。过去我总认为"属相"也有高下，龙、虎、马、牛是上等的，鼠、兔、蛇（又称小龙，足证龙在人心目中的地位）次之，而猪最下。

猪年来临，我现年84岁，确知老之已至了，冬夜陶陶，躺在床上，全面想了想，于是有了新认识。我是一头"老猪"，从辛亥到乙亥，也算高寿了。想了这些，不亦乐乎！

（《新民晚报》1995年2月1日）

永远的摄影迷

黄绍芬

又一个猪年来到了,今年已是我所经历的第七个本命年。虽然我在人生道路上走过了84年,从事摄影这一行也有70个年头了,但总感到时间转瞬即逝,许多留在记忆中的往事都似发生在昨天。

说起我是如何爱上摄影的,那还得追溯到童年时代。我出生在广东中山,记得每天去学校上课时,总要走过一家简陋的照相馆,照相馆里挂着一幅一个男人握着手枪的照片，我走过时总要看看照片上的男人，发现他的手枪老是指着我，无论我从哪个角度看都是如此，心里很是纳闷，非常想弄个明白。后来我才知道，拍这张照片时，手枪正对着镜头，所以才会产生这样的效果。

小时候对照片的好奇，犹如一颗种子埋在了我心里，使我后来对摄影产生了极大的兴趣，以至于为此贡献一生。我干的是电影摄影，许多人一定不会想到最初我却是以演员的身份活跃在影坛的。

小时候我是个皮大王，打拳、骑马、游泳样样是把好手，过桥时，常常不是好好走过去，而是跳到水中游过去。看我好动，15岁那年，亲戚把我介绍到民新影片公司当了童星，专演小武侠,曾拍摄了《木兰从军》《绿林红粉》《三剑客》等片。当武星很苦，生命得不到保障，不是长久之计。当时我萌发了想学一门手艺的念头，首先我就想到了心中暗暗喜欢的摄影。

那时学摄影很难，不像现在有电影学院，过去往往是教会了徒弟就意味着师傅自己失业，所以没人会教你。当时民新公司的摄影师摄影机随身带，睡觉时就把机器放在床底下，连三角架也不让人碰。我只能偷偷地学，偷偷地练。现在说起来是自学成才，但更确切地说，我是偷学成才的。

我总感到，一个人有了本事，再有了机会，那就一定会成功。后来一个偶然的机会，民新的摄影师走了，我就顶上了这个位置，那是1929年。这一年，我拍摄了一生中的第一部影片《故都春梦》。影片中，女主角扮演者阮玲玉很会演戏，但遗憾的是她脸上有缺陷，导演孙瑜要求我加以掩盖，这对现在的摄影师来说是件轻而易举的事，但当时却不能做到，我动足脑筋，最后用黑色丝袜和硬纸板做了一个简易罩子，将它套在镜头上进行拍摄，结果，片子拍出后获得了巨大成功，在阮玲玉红透半边天的同时，我也在电影界站稳了脚跟。

半个多世纪前的往事，至今想来仍是如此亲切，从《故都春梦》开始，直到中华人民共和国成立后拍摄的《十五贯》《女篮五号》《林则徐》《聂耳》《枯木逢春》

《霓虹灯下的哨兵》等，我已拍了近百部影片。我热爱这一行，如果再让我选择的话，我还是选择这一行。

目前，我仍担任着上海市摄影家协会主席的职务，这一职务我已担任了30年，我手中的摄影机早已换成了照相机。在本命年里，我最大的愿望就是有人来接我的班，让我能把更多的精力放在创作和培养后生上。我想，摄影家协会主席的衔头可以卸下，但我手中的相机是永远也不会放下的。

（《新民晚报》1995年2月3日）

乙亥杂谈

草 婴

猪年话猪,天经地义。但要替猪涂脂抹粉,美化一番,实在困难,而要为猪评功摆好,歌功颂德,那就更不容易。不是吗?要是逢到龙年、虎年、马年,那是大有一番文章可做的。什么龙飞凤舞啊,龙腾虎跃啊,龙马精神啊……总之,是很容易找出一些好听的字眼来加以讴歌的。要是有一支生花妙笔,那就更可以谱出一曲曲昂扬斗志的进行曲来。就说刚过去的狗年吧,也还是可以说说这种时髦宠物怎样善解人意,在主人面前摇尾乞怜如何可爱之类的好话。

猪却不然。论形象,既不俊俏美丽,也不端庄大方,更谈不上雍容华贵。论动作,远不如孙猴子那么轻巧灵活,在这车如流水的大千世界也无法"潇洒走一回"。论智慧,它早就被戴上"蠢猪""笨猪"之类毫不光彩的帽子,而且看来也是永世不得翻身的。论习性,猪是懒惰、贪婪、肮脏的代表,理应归入下贱畜生。猪既有那么多缺点,真是乏善可陈,能挤进十二生肖,即使敬陪末座,也算是皇恩浩荡,天大的面子了。甚至在文艺作品里,也很少看到把猪作为"正面角色"来描写的,更不要说"英雄形象"了。请看,在《西游记》这样家喻户晓的作品中,猪八戒就是一个被侮辱被损害的形象。舞台上一出现背着钉耙的"天蓬元帅",观众就会发出一片不带敬意的哄笑,而孩子们则更是欢欣雀跃,因为猪八戒是那么模样丑恶,憨态可掬。

我生不逢"年",不早不晚就出生在猪年(当然是在中华人民共和国成立前),无怪一生多灾多难,好不容易保住一条性命,总算劫后余生,还能继续爬爬格子,介绍些外国文学作品,也算是报答读者对我的厚爱吧。

不过,既然话猪,不能不考据一下猪的世系家谱。据出土文物的同位素测定,我国养猪至少已有5600年到6080年的历史。猪(确切地说是家猪)的祖先是野猪,已毋庸置疑。我们从电影或录像中可以看到,野猪体形高大,体长达一两米,犬齿极发达,雄的还有獠牙。野猪天性凶猛,在丛林中甚至敢攻击豺狼虎豹,可以说所向无敌。因此,作为猪的祖先的野猪,从形状、性格、举动来看,都远远超过家猪。家猪要是会说话,我想准会学着阿Q的口吻,傲然说一句:"嘿,阿拉祖先要比你们的神气多啦!"这样勇敢无畏的祖先怎么会有现在这样窝囊可怜的"不肖子孙"呢?说来也真叫人难以相信。其实,促使这种退化的还得归功于身为万物之灵的人类。正是人类的自私贪婪,把这种威武凶猛的野生动物驯化成家猪,使它们成为美味佳肴,而在中国则随着食文化的发展,用猪做的菜点更是百花齐放,不胜枚举,什么东坡肉啦,粉蒸肉啦,回锅肉啦，更进一步制成火腿香肠，肉松肉脯，还屠杀未成年的小猪来烤乳猪……总之，不论是家常便饭或者豪门盛宴，猪肉常常是"挑大梁"的。因此，猪的命运，不论古今中外，大体相同：吃的是剩菜残羹（泔脚），住的是脏湿猪圈（据说在现代化的饲养场里猪的居住条件已大有改善），而最后则在屠宰场的垂死哀鸣之后毫无保留地奉献出全身所有，为身为万物之灵的人类提供维持生命的热量，丰富爱好一切文化的人类的一种重要文化——食文化。看来，生为现代猪也只能认命了，你说还能有什么办法呢？

（《新民晚报》1995年2月4日）

扭不断的"猪腿"

陈 钢

猪年伊始。

孰可知,在"伊始"前,我在年前就接连遇上了两个不同的"伊始"。一是在圣诞晚会上中了个头彩——打字机一架;二是在除夕之夜中了个"倒头彩"——骑车时被一阵怪风掀倒。一个前滚翻,随即折断了骨,扭伤了腿……

眼睁睁地傻瞪着那条不能动弹的腿——那条被石膏

裹扎得沉甸甸、紧梆梆、冷冰冰、木笃笃的左腿，心中不免透出阵阵说不出的懊丧和无奈。

强作泰然状的妈妈努力挤出几缕笑丝，安慰我说："跌跌发，跌跌发，跌了一跤就得发！""今年你妹妹跌了三跤，我跌了两跤，加上你这一跤总共六跤——这就叫'六六顺'！"这倒也是！又是"发"来又是"顺"，看来这一跤跌得还有那么一点"自我价值"呢！满桌的鲜花与水果、满锅的火腿与骨头、满屋的笑语与温暖，使我在不知不觉中步入"忘腿之境"。

房间里冒出了四根拐杖——一对是友人从澳洲带来的银光闪闪的"洋拐棍"，一根是骨折方愈的邻居送来的小巧玲珑的折叠式拐棍——行走时一撑即开，而在需要维持"尊容"时则一收即藏，不露声色。说着说着，门外又伸进了另一根拐棍，撑着它的不是别人，正是曹鹏！"铁拐曹"来探望"铁拐陈"来了！原来，他在年前也摔了一跤——12月22日他过七十大寿。那位曾在他"过九"时用琴料制成指挥棒送他的能工巧匠，又用琴木雕出拐杖作为生日礼物相赠。哪知第二天就派上了用场——曹鹏被摩托车撞翻。就像那支指挥棒是他时刻相伴的"助手"一样,这根拐棍顿时成了他的"助腿"。可谁又知道,10年前曹鹏的那场"骨崩"呢? 1985年夏,曹鹏从梯子上摔下,双腿骨折,他咬着牙从地下爬到床上……

三场无法推迟和取消的音乐会正等着他。一场是为国际会议演出西贝柳斯的"第二交响曲",一场是为纪念奥尔夫诞生90周年演出《卡尔米娜·勃兰娜》,还有一场是在贝多芬系列音乐会上指挥《命运交响曲》。每天,有人将他从四楼背下来,送到排练厅,再坐到轮椅上指挥。合唱队员按着他说,您千万别动了,让我们上您家去排练吧!到中医学院演出《命运交响曲》时,医生们纷纷涌到台上为他推拿诊疗,他们从乐声中不仅听到了贝多芬,而且看到了一个站在自己面前的、不屈从于命运的中国艺术家!惠玲还为丈夫精心缝制了一对儿黑裤筒,套在白石膏上。在最后一场音乐会上,曹鹏拆除了石膏,自己站起来了。就在那场音乐会上,江泽民同志紧握着他的手说:"我们的交响乐要冲出亚洲，走向世界！"

曹鹏属牛，他有那么股牛劲。看着手持拐棍、前来探望我的他，我真想说："曹鹏啊曹鹏，你真有一副压不垮的'牛排'啊！"那么，我呢？我属猪，当然——也该有条扭不断的"猪腿"！

1995年1月于病中

（《新民晚报》1995年2月5日）

本命年心愿

肖复兴

今年是我的本命年,也是姐姐的本命年。我和姐姐都属猪,相差整整一轮。都说属猪的命好有福,姐姐却刚刚17岁就离开北京到了塞外。那时候家里生活艰难,姐姐是为了那么小的我和弟弟,才出那么远的门。这一走,走了43年,她把她的青春和最好的年华,都给了塞外和我们兄弟俩。而塞外的风霜除了给她一头白发,也给了她一个风湿性关节炎。

今年，姐姐60岁。60岁是个大寿，自打去年起，我就打算给姐姐好好过过这个大寿。如今，姐姐住在呼和浩特，即使再远，我对姐姐说也要到她那里去给她过60岁的生日。姐姐在电话里说不用，说我们都忙，她也没过生日的习惯……

我坚定了自己的这个心愿。想想父亲因高血压提前退休之后，一直是姐姐给家里寄钱，才供我和弟弟上完中学。父亲去世之后，我正待业在家，还是姐姐每月给家里寄钱，一直寄到后来我大学毕业。她也是一家子人，3个孩子都要她操心呀，她把做姐姐的那一份爱，同时也把早逝的母亲的爱交融在一起，一并给予了我们。世上的姐姐会有许多，但像她这样在艰辛的漫长日子里身肩两任又毫无保留付出的姐姐，我想一定并不很多。

猪年转眼跨过了门槛。说给姐姐过这个60大寿，说了快一年，这是我生活中的一件大事。长这么大，我还从来没有给姐姐过过一次生日呢。虽然，姐姐一直说不用过，后来我看出了，其实姐姐被我说动了心，也想过呢。人的一辈子有几个60？人老了，许多往事会兜上心头，盼望亲人团聚，更是心里的一条毛毛虫，时时咬噬着心痒痒。但她嘴里还是一个劲儿地说：不用，不用，你忙，好好写你的东西，多出几本书寄给我就行了！

说起写书，我不清楚别人是为了什么而写作的，我自己最初迷上写作而渴望成功，是上中学的时候。那时候，每月我都花着姐姐的钱，姐姐知道我爱看书，哪怕自己手头再紧，从来都舍得拿出钱来的。她被评上劳动模范，发给她两个特别好看的本，大老远的也寄给了我。我最初幼稚的篇章，就是抄在那上面的。这两个笔记本，跟随我从少年到如今，从北京到北大荒插队。那里面有姐姐永远抹不掉的影子……说老实话，那时我拼命读书，拼命写东西，心里想的就是为了姐姐，为了不让她失望，为了给她脸上争光。

命运或许有意在成全我，为了在姐姐60岁的生日里给姐姐一份礼物、一份慰藉，今年我将有一本长篇小说、一本中篇小说集和两本散文随笔集出版。我希望能在姐姐的生日之前接到这几本样书,我将带着它们和生日蛋糕,一起去呼和浩特看望姐姐。在姐姐的本命年里,在我的本命年里,我只有这样一个小小的愿望。我祈祷上苍,保佑我,更保佑姐姐!

(《新民晚报》1995年2月20日)

鼠年说鼠

端木蕻良

"小耗子,上灯台。偷油吃,下不来,吱吱哇哇叫奶奶!"这是我妈妈躺在炕上,用两手撑着我的胳肢窝,一边摇晃着我,一边让我在她身上蹦跶时唱的儿歌。最后总是"逃避奶娘的到来"欢叫着钻到妈妈怀里而睡去……这种温馨,至今保留在我记忆里……也许是我属鼠的缘故,这首儿歌也记得特别清楚!

待我长大以后,尽管我仍然知道我属鼠,但我对老鼠却从来没有好感。在学校，我还设计过灭鼠器呢。

中国画家喜欢画生肖。齐白石就画过，画面除耗子以外，多画一个旧灯台和一串爆竹，用来迎接鼠年。

我国杨柳青年画，也有一种和"钟馗嫁妹"差不多的年画，画的是"老鼠嫁女"。传说钟馗生前曾答应将妹妹许配与人，死后他还要践前约，所以出现"钟馗嫁妹"这样的画面。但是"老鼠嫁女"的典故出于何处，我至今还没有找到。

北京白云观有十二生肖塑像，塑的都是人身，生肖脑袋，比真人还要大一些。每逢过年过节，都城的人们大都要到那儿找到自己的生肖塑像前去烧香。要是那一年与自己的属相相合，即本命年，那么，那个塑像下面的香火就特别旺盛。

生肖非仙非佛，但是人人有份。人们在哪一年降世，是无法选择的。这就给算命"批八字"的人开了门路，成了一门职业。尤其在婚姻问题上，什么生肖相合，什么生肖相克，"学问"大了。我家姓曹，记得儿时有人来给我大哥说媒，女方属马，什么情况还没说呢，就给否定了。原来"马啃槽（谐音）"，那还好得了？

这些年，有的地方"命理学"又开始有些"发烧"了，在一些"现代化"人物中间，据说还很有些市场。

鼠的尊容，没法夸它。我看了许多为老鼠画像的，都不出色。独有迪士尼漫画的米老鼠，显得聪明，活泼可爱。也正因为如此，米老鼠才走遍全球，备受欢迎。有的糖果借它的东风吹向各地……

在十二生肖里，老鼠为最小。但它却占十二生肖的首位。所以，有人为了给耗子"圆场"，就举出象最大，鼠最小，但大象却最怕小老鼠。认为鼠可以从象的鼻孔里钻进象的脑袋里去。所以，象看到地上一个小洞，就要用脚去堵住，怕有老鼠出来伤害自己。

《红楼梦》中第十九回"情切切良宵花解语，意绵绵静日玉生香"中，曹雪芹写贾宝玉见景生情，信口开河胡诌一段耗子精变香玉的故事来哄黛玉。说的是扬州有座黛山，山上有个林子洞，洞里有群耗子精，在腊八前夕，老耗子要众小耗子出洞去打劫一些果品来。红枣、栗子、花生、菱角都有小耗子应命而去，只剩香芋一种。

"因又拔令箭问：'谁去偷香芋？'只见一个极小极弱的小耗应道：'我愿去偷香芋。'老耗并众耗见他这样，恐不谙练，且怯懦无力，都不准他去。……小耗道：'我不学他们直偷。我只摇身一变，也变成个香芋，滚在香芋堆里，使人看不出，听不见，却暗暗地用分身法搬运，渐渐地就搬运尽了。岂不比直偷硬取的巧些？'众耗听了，都道：'妙却妙，只是不知怎么个变法？你先变个我们瞧瞧。'小耗听了，笑道：'这个不难，等我变来。'说毕，摇身说'变'，竟变了一个最标致美貌的一位小姐。众耗忙笑道：'变错了，变错了。原说变果子的，如何变出小姐来？'小耗现形笑道：'我说你们没见世面，只认得这果子是香芋，却不知盐课林老爷的小姐才是真正的香玉呢！'"

我看从古至今，把老鼠描写得这样生动可爱，恐怕还没有第二回呢。从回目上看，写得如此缠绵，故事中又嵌有"林""黛""玉"，我估计林黛玉也是属鼠的，否则宝玉不会有这种联想。

鼠年说鼠，就此交卷。

祝丙子新春快乐!

（《新民晚报》1996 年 2 月 19 日）

鼠年两愿

王辛笛

《夜光杯》主编电话约稿,不知他如何发现鼠年是我的本命年,为此就想起要我在此春节即届,转眼就是丙子年时,写几句迎新的话。但这实在给了我一个难题,因为我一向对这个忝居十二属相之长的小小动物——老鼠,反感很深,没有多少闲话可说。不过,既然承它不弃,也只好写几句来凑凑热闹吧。

首先,由于看过姜文演的《本命年》影片,我总理解为一般人碰上本命年都会有点要触霉头的预感，于是，倒想反其道而行之，和它抗争一番，绝不服输，将消极因素化为积极。在过去一年（1995乙亥年）中，由于病体所限，只编成历年新诗自选集，副题为"寒冷遮不住春的路"一书外，未能多有作为。加之前两年主编成《二十世纪中国新诗赏析》以及为老伴徐文绮和诗友南星合译的英国狄更斯小说《尼古拉斯·尼克尔贝》的中译本做过审校，这两本书迄今都在排印中，迟迟未能出版，不免有点泄气。

值此冬去春来，我倒决心努力——只要健康条件许可，一定争取在今后两年中完成未了的宿愿：收集中华人民共和国成立前和中华人民共和国成立后写的散文成为一集；将历年所作新诗选译成英文，在海外出版；近年常写旧体诗不少，也已足够裒辑成集。

其次，最近电视台播映《苍天在上》一剧，观众反映热烈，大多数人认为这样的题材反映了人民的心声，值得提倡多写。但也有些人感觉还没有说深说透，不尽如人意。

我个人看，文学作品能如此贴近生活，走的正是现实主义的路子，作为一个良好的开端，也不可能要求过高。相信当今反腐倡廉的号召正在全面铺开，只要从中央到地方常抓不懈，执法必严，那么尽管鼠年来临，反而能够轰轰烈烈，形成"老鼠过街，人人喊打"的胜利局面。我的这一小小愿望一定不会落空的吧。

(《新民晚报》1996年2月20日)

何为我"本命"?

张贤亮

我生于1936年12月,生肖属鼠,今年算是我的本命年。鼠跟了我近60年,我却一直不理解鼠和我有什么关系:虽然本人不算漂亮,但也非"獐头鼠目"之辈,气量虽不算大,也非"鼠肚鸡肠"的人,我的外形和性格有哪点像鼠呢?鼠怎样在冥冥中决定我的命运呢?

鼠给人的印象很糟,几乎是地球的灾害,灭鼠已经成了世界性的行动,当人问起我的属相时我常羞于回答。如是属龙或属虎,会给人一种威风凛凛的感觉,属牛或马,也让人以为还能进行创造性的劳动,狗、鸡、羊、猴、兔、猪等,尚不失为可爱或可吃的动物,唯独鼠和蛇令人讨厌。中华人民共和国成立前,我父亲因我属鼠而请齐白石画了一幅蹲在台灯下的老鼠,白石老人题道"老鼠愿人富"。那时年幼,觉得盼望人富裕总是好事,现在想来仍颇有贬意,"愿人富"不过是图好揩油而已。用上海话来说,鼠总是一副"贼骨头"!

说属相和人的命运有关,想想自己,似乎未必。在农村时,听老乡说到了本命年一定要扎红腰带,好辟邪。我一直不懂为什么本命年会有"邪",和一直不懂鼠与我有什么关系一样。按天干地支推算 12 年是一个本命年,那么,12 岁时我倒是很风光,就是父亲能请齐白石画画的时候,但这"风光"的出身却奠定了我以后倒霉的基础。24 岁在劳改,36 岁仍在劳改,日子虽不好过却也未死,和我一起劳改死掉的多半也未必是在他们的本命年内。48 岁有大半年在国外,乘飞机也没出事，跑了3个国家也没丢东西。如说本命年会走运吧，我命运的真正转折点在1979年，那年我43岁，倒和属相完全无关。说实话，我是承《新民晚报》盛情要我谈本命年才想到今年是我所谓的本命年的，然而也由此可见还有许多城里人和老乡一样注意这个本命年，更进一层又想到中国人真会给自己画框框，自己给自己设禁忌，就是西方人所说的"塔布"（taboo）。有了框框和禁忌，有了"塔布"，烦恼也来了，畏惧也来了，战战兢兢，不可终日。本来我们就活得很累，何必再添些累赘呢？

不错，今年是我的本命年，可是我该怎么过还怎么过。如果今年我倒了大霉或得了大奖，再请读者们注意，本命年的确有它的道理，不然，您就别信。还是什么都不信，潇潇洒洒地过日子好。

（《新民晚报》1996年2月20日）

本命年的回想

刘绍棠

"春雨惊春清谷天,夏满芒夏暑相连,秋处露秋寒霜降,冬雪雪冬小大寒"。村风乡俗中,四时二十四节气色彩缤纷,而最有鲜明地方特色和浓郁乡土风味的却是二十四节气之外的春节。

春节是现在通行的官称,我却跟我的乡亲父老一般守旧地尊称为过年,或曰大年。

想当年,我小的时候,家乡的大年从腊月初一就开始预热。一天比一天增温,一天比一天红火,发烧直到年根下。

腊月初一晚上,家家炒花生、炒瓜子、炒玉米花儿。炒完一锅又一锅,一捆捆柴禾捅进灶膛里,土炕烫得能烙饼。玉米粒儿在拌着热沙子的铁锅里毕剥毕剥响。我奶奶手拿着锅铲,口中念念有词:"腊月初一蹦一蹦,孩子大人不得病。"花生、瓜子、玉米花儿炒熟了,装在簸箕里,到院里晾脆,然后端进屋来,一家人团团围坐,大吃大嚼。吃得我食火上升,口舌生疮,只得喝烧糊了的锅巴泡出的化食汤。化食汤清净了胃口,烂嘴角的食火消退,又该吃腊八粥了。小米、玉米糁儿、红豆、红薯、红枣、栗子熬成的腊八粥,占全了色、味、香,盛在碗里令人赏心悦目,舍不得吃。可是吃起来却又没有个够,不愿放下筷子。喝过腊八粥,年味儿更浓重。卖糖葫芦的小贩穿梭来往,竹筒里抽签子,中了彩赢得的糖葫芦吃着最甜。卖挂落枣儿的涿州小贩,把剔核晒干的老虎眼枣儿串成一圈,套在脖子上转着吃。卖糖瓜和关东糖的小贩,吆喝叫卖,此起彼伏,自卖自夸。还有肩扛着谷草把子卖绒花的小贩,谷草把子上插满五颜六色的绒花,走街串巷,大姑娘小媳妇把他们叫到门口,站在门槛里挑选花朵。上年纪的老太太,过年也要买一朵红绒花插在小疙瘩鬏上。村南村北,村东村西,一片杀猪宰羊的哀鸣。鸡笼子里,喂养了一个月的肥鸡,就要被"开刀问斩"。家家都忙着蒸馒头和年糕,穷门小户也要蒸出几天的豆馅团子。天井的缸盖和筛子上冻豆腐,窗沿上冻柿子,还要渍酸菜。妇女们忙得脚丫子朝天,男人们却蹲篱笆根儿晒太阳,说闲话儿。腊月二十三过小年,香烛纸马送灶王爷上天。最好玩的是把灶王爷的神像揭下来,火化之前,从糖瓜上抠下几块糖,抹在灶王爷的嘴唇上,叮嘱他上天言好事,下界才能保平安。灶王爷走了,门神爷也换岗了,便在影壁后面竖起天地杆儿,悬挂着一盏灯笼和在寒风中哗啦啦响的秫秸棒儿,天地杆上贴一张红纸:"姜太公在此"。邪魔鬼祟就不敢登门骚扰了。腊月三十的除夕之夜,欢乐而又庄严。阖家团聚包饺子,谁吃到包着制钱的饺子谁最有福,一年走红运。院子里铺着芝麻秸儿，小丫头儿不许出屋，小小子儿虽然允许走动，却不能在外边大小便，免得冲撞了神明。不管多么困乏，也不许睡觉，大人给孩子们说笑话，猜谜语，讲故事，这叫守岁。等到打更的人敲起梆子，才能往锅里下饺子，在院子里放鞭炮，在门框上贴对联。小孩子们在饺子上锅之前，纷纷给老人们磕辞岁头，老人们要赏压岁钱。男孩子可以外出，踩着芝麻秸儿到亲支近脉的本家各户，压岁钱装满了荷包。天麻麻亮，左邻右舍拜年的人已经敲门。开门相见，七嘴八舌地嚷嚷着："恭喜，恭喜！""同喜，同喜！"我平时串百家门，正月初一要给百家拜年。出左邻入右舍，走东家串西家，村南村北各门各户拜了个遍，这时我才觉得得到了公认，我又长了一岁。

今年岁逢丙子，是我的本命年，60岁"高龄"回忆往事，颇有返老还童之感。

（《新民晚报》1996年2月21日）

鼠年回忆录

唐 瑜

84年前,我与民国同在鼠年诞生,她一出世,便被嘴尖牙利的群鼠啃吃得体无完肤,民不聊生;我的出生地则终日在匪盗的惊吓中,不得安宁。次年,我们全家便逃迁入城。

在已经过去的7个鼠年里,我总要遭遇一两桩厄运,但过后第二年却又否极泰来。

第二个鼠年一来临,我全身长了毒疮,不能行走坐卧，苦不堪言。踏入牛年春节，我在一位同学家认识了他的妹妹，她知道我中文只有小学水平，主动提出一个中英文互教计划。她教我从写信开始，为了使书信生动有感情，应学写情书，其结果是可想而知的。

接着的鼠年我捅了蒋夫人的大马蜂窝，她提倡的新生活运动要黄包车夫也衣冠整齐，衣服钮扣必须全扣，我在《中华日报》上刊出孙中山穿西服不扣钮扣的照片予以嘲讽，潘公展的《晨报》立刻以社论反击。这个版面是我和老板合编的，揩屁股让他去吧。

我只好盼着牛年。果然，我接手主编《职华画报》，又"盼"来了抗日战争。

在这一鼠年到下一鼠年之间，是我一生中最复杂的一段岁月，开了3次印刷所，出版《救亡日报》重庆航空版，两次几乎死亡，3次在粉红色梦中迷糊和破灭，暴富暴落。

第四个鼠年又来到。为了支援蔡楚生的《一江春水向东流》，我组织一家公司预买马来亚版权，有一股东看我给剧组付了5万美元，空手而回（当时片子还没有拍成），把我当骗子，将我抓到新加坡警署，幸亏胡愈之救出。

牛年又带来了大喜讯，全国解放了。

第五个鼠年，我原以老"左"出现，但右派老底还是被火眼金睛看透，结果右帽不戴，贬罪难逃，下乡安居落户去也。

原望老牛来临，但从兹老牛也变泥牛，一入海底杳无音信。此时双颊凹进，几根长须，煞像老鼠，若遇属猫者，必被吞噬无疑。3岁女儿见我忙逃走，妻子见我号啕大哭。

日月如梭，又是鼠年，我正心惊肉跳，忽来两个绿衣人将我所写材料"是"改为"否"，"否"改为"是"，命我抄入一特印稿纸，我不知何用，未敢遽抄。后来才知那时正拟"批林批孔批宰相"。

这鼠年究竟有完没完，又来了第七个鼠年。我正在做好梦过好日子。那时我在搞个儿童文化基金会，有几十亿买卖正找上门要我帮忙，我也找到了主顾。忽一日我在看录像电视《乱世佳人》，英文名叫 *GONE*

WITH THE WIND，我心中一愣，后来证实我不懂"商情规律"，有的因"人情"未到，这项活动就告吹了。某大印刷厂为我印名片又将"基金会"的"金"字印漏，这两桩均属不祥之兆，果然在一夜之间，便都"随风而去"。

如今，这第八个鼠年，说到就到，八四年华，也不算少，若能蒙主宠召，希望在午夜我入睡后驾临，是所至盼。

(《新民晚报》1996 年 2 月 22 日）

鼠年谈灭鼠

袁 鹰

十二生肖中,我最厌恶的就是窃据首位的鼠。形体猥琐,面目可憎,贪窃成性,狡黠刁猾,有空即钻,无孔不入,列为"四害"之首,一点儿不冤。老鼠嫁女、老鼠偷油的故事,童年时代虽觉有趣,但听过即忘,引不起任何好感。长大以后,知道它危害农作物、危害仓库、破坏家具书本、破坏房屋建筑、传播病疫的种种卑劣行径,更觉它作恶多端,罪在不赦。除"四害"时,理应将它同苍蝇、蚊子一起消灭,可惜灭鼠灭得不彻底,它的繁殖力又极强,以致鼠患至今不绝。据专家推算,全世界鼠口数已达一万亿只,每年吞噬粮食二千亿斤,实在是人类一大公害。偏偏我生于1924年,岁在甲子,属鼠,自己无法选择,只能与它结下不解之缘,从此每12年相会一次,忽忽已是第六度矣。

人类厌恶鼠类,可以追溯到远古时代,有诗为证。《诗经·魏风》篇:"硕鼠硕鼠,无食我黍""硕鼠硕鼠,无食我麦""硕鼠硕鼠,无食我苗",黎民百姓将贪婪成性、只知榨取农民供养而不顾群众死活的统治者比作硕鼠,可见憎恨已极。唐代曹邺《官仓鼠》诗:"官仓老鼠大如斗,见人开仓亦不走,健儿无粮百姓饥,谁遣朝朝入君口?"官仓鼠肥大如斗,好生了得!见人不走,因为有恃无恐。它恃的就是官仓,普通人奈何它不得,若在寻常百姓家,不等它养得肥大,一经露头,早就扑杀剿灭了。

鼠害之烈,古今一例。今年谈灭鼠,自然要联想到群众目前戟指痛恨、交口厌恶的腐败分子。贪污贿赂的邪风盛行，一年吃喝上百亿公款，不都是一些官仓硕鼠吗？远的暂且不说，仅从去年以来，先后被揭露查办的贵州省"第一夫人"，那一大批副省长、市长、厅长、党委书记、县长、局长、处长、经理、厂长直到王宝森、铁英之流，不都是一窝窝官仓硕鼠吗？他们岂仅食我黍、食我麦、食我苗，而且擅权谋私、中饱私囊、索贿受贿、腐化堕落，他们破坏"四化"大业，败坏共产党形象，涣散党心民心。这样为非作歹、无法无天的硕鼠，难道不该全力剿灭吗？

  鼠类的克星本来应是猫，然而猫总是懒的居多，人们对它早有讥评。陆放翁当年就嫌它"但思鱼餍足，不顾鼠纵横"。近些年来，更是变本加厉，居则华堂，衣则锦绣，食则牛奶鲜鱼，出则与主同车，依偎膝下，宛转怀中，楚楚动人，无复奋起捕扑的雄姿了。说猫鼠有默契，合伙干盗窃破坏勾当，那是漫画家的艺术夸张，尚缺铁证，但它总是睁一只眼闭一只眼，见鼠不灭，任其横行，纵容包庇，却是抵赖不了的。异化成宠物的猫，已与灭鼠事业无关了。

灭鼠，不能指望猫，只能依靠人类自己，加大反腐败斗争力度，最能顺应党心民意。过街老鼠，需要人人喊打，群起而攻之。喊打喊打，一是喊，大声疾呼，痛切陈词，剥去形形色色的画皮，揭露可恶可憎的真相，不让它们乔装打扮，招摇过市，不听它花言巧语，赌咒发誓。天天喊，人人喊，就能分清是非黑白。二是打，认真地打，动真格地打，该判刑的就判刑，罪大恶极的，就该处以极刑，该开除党籍的就开除，不能心慈手软，更不能于心不忍，网开一面。若是瞻前顾后，虎头蛇尾，养鼠遗患，就会令人心寒齿冷。小小的蚁穴尚且能溃千里之堤，何况千倍万倍于蚁穴的鼠患！

（《新民晚报》1996 年 2 月 23 日）

本命年之类

董乐山

说来惭愧,我虽年已古稀,但是本命年一说还是近年来初次听到的事。有一部电影名叫《本命年》,我一向很少看电影,只是为了想知道本命年究竟是什么意思,在电视台播放这部影片时,特地看了一遍。但看过以后,仍不明白这个片名的用意。甚至连十二生肖,我也始终弄不清我们的老祖宗为什么要用这十二种动物来推算一个人的岁数。是为了让不识字的老百姓有个比干支次序更简单明了的办法来纪年（如像有些第三世界国家在选票上印动物头像作为政党标记来让文盲画圈投票那样），还是一种图腾崇拜的残余？恕我孤陋寡闻，我还没有看到有哪一位历史学家或者民俗学家出来解释过。总而言之，据我记忆所及，不论在中华人民共和国成立前还是中华人民共和国成立后（尤其是在中华人民共和国成立后的头40年），我都不知有本命年一说，我只知道这是近几年才出现的。

就是在这近几年中，每年春节将临，邮局发行生肖邮票不说，报上总要刮起一阵生肖风，各种副刊都毫无例外地要刊登一些应景文章，真不知等十二生肖轮流完了，这类文章还有什么可写。特别是龙年那一年，因为据说中国人是龙的传人（此说不知有无科学根据，还是台湾歌曲所造成的印象？反正"传人"一词用在这里，含义也是不明确的），这类文章就更多更热闹了。但在一片喧闹的锣鼓声中，却听到了一声清音，听来好像不太和谐，但颇使人头脑清醒。那就是柯灵先生写的一篇谈龙年的文章。我不敢说这是柯老写得最好的一篇文章，却是我近年来读到的众家杂文之中最好的一篇杂文。读者如有兴趣，不妨找来一读，也许可以在什么本命年生肖崇拜的狂热中清醒清醒头脑。

我不敢说现在有些社会现象都是属于鲁迅所谓"沉滓的泛起"的，更不敢说本命年一说也属于这一类，因为从目前这种狂热气氛来看，这样说是要犯众怒的，万万惹不得。

不过听说在有些农村地区，已经流传凡是在本命年里，都要腰缠一块红布（或者其他什么荒诞不经的"方法"）才能避凶化吉，甚至在城市里也有这种传说（我本人就有一位曾在大学里教过书的亲戚来问我要不要红布，因为她买了一块，自己用了还有剩的），这不是"沉滓的泛起"是什么？

（《新民晚报》1996年2月24日）

如斯牛命

冯亦代

牵从广东佛山出差回来,带了和合二仙坐在牛背上的陶制小摆设给我,用牵陶夫妇的名义,祝我和宗英本命年健康愉快。我一向对于记忆生肖和年份这一类事情是颇为笨拙的,虽然已活到80多岁,除了记住自己的岁数和生肖,到今天还不能背完十二生肖,至于生肖所属的干支,更是云山雾罩了。

最奇怪的是我前后两位老伴,也都属牛。我相见恨晚的第一位夫人郑安娜,不但属牛,而且是郑家的"元春",因为她是正月初一生的,我们同龄,她居牛首,我是牛尾。我们是大学的同班同学,在二年级的某个夏夜学校露天剧场里上演莎士比亚的《仲夏夜之梦》,戏里演派克的一口流利的美国英语和一脸的顽皮相及活泼的演技,令人心折。我自忖这位正是我平日想望的对象,以后又发现她的选课有不少是和我相同的。一朝生两朝熟,加之我的刻意追求,终于成就了夫妻。她的英语比我好,中文也不错,同我一样爱好文学。最使我对她感到歉疚的就是我当年被戴上右派帽子,她顶住了一些"好心人"要她同我离婚的压力,这事使我一辈子也不能忘怀。从我国的传统来衡量,她已达到了相夫教子的要求。我们的儿子浩,现在是总工程师,在冬季施工方面小有建树,我的女儿陶,也已是教授级的研究员,可以带博士生了。

我的第二位夫人是黄宗英,她是剧坛和银幕及荧屏的明星,即使她已年届古稀,在南北各地旅行时,也会随时有观众以亲切的语调向她致意。她三进西藏,但最后一次从拉萨到雅鲁藏布江世界第一大峡谷的途中，不幸在林芝患了高原适应不全症，两天两夜不省人事，醒来经过练习走路，还骑马穿过大塌方地区到了塔罗，在抢救中坚持工作了近一个月。回北京时，我接到的是一个肤色发蓝，双目直视、神情呆滞的小妹，令我大吃一惊，除了送她进医院，我又何话可说！两年多来，经过南北大医院的检查，各项指标基本正常，就是疼痛在全身到处游走，西医已告技穷，缺乏良方，只能由中医来个再世华佗了。虽然如此，她还是流着冷汗又读又写，出了一本本的书。命运把她抛在哪儿，她就在哪儿钻牛角尖，非钻出个名堂来不可，还说今年要报名上中医药学院。

我自幼生长在城市。真正的牛，一直到我快50多岁时才在干校里和它有了来往。那时我奉命在大田里劳动，专在拖拉机不能顾到的田边地角上用牛犁地。干校有两头牛，我都侍候过。牛很温驯，但牛劲一来，便没法治。牛也很守时，上午快十一点半时，它就站着不动了，如果再要它耕地，它就回头瞧你一眼，不管身上还带着工具,就向牛栏狂奔而去。下午五点多时,它也照停不误。有次来了位"上级",怨我偷懒,又自恃是使牛"里手",鞭子一甩,妄想要牛再在田边地角走一遭。那头牛牛劲上来了,便带着这位"上级"连同身后的工具,一跃上了公路,直奔牛栏而去。这位"里手"猛不防被甩在地上,顿时头破血流。

从此,我有了一个体会。一个人做事也要有股"牛劲",否则什么也做不成,特别是有"甘为孺子牛"抱负的人,我和宗英二牛相加,已经活得比一个半世纪还多,前路再不能说长了,那唯有珍惜每一时刻发扬我们的"牛劲",非做好工作不可。这就是我们在本命年的誓言。

(《新民晚报》1997年2月7日)

颂　牛

周而复

汉代王充《论衡》里已载十二属：动物十二种分配十二支：子鼠，丑牛，寅虎，卯兔，辰龙，巳蛇，午马，未羊，申猴，酉鸡，戌犬，亥猪。这些动物，各有长短，被人喜欢不一，我却钟情于牛。

牛一生吃的是草，挤出来的却是营养丰富的乳。生前主要工作是耕田，"不用扬鞭自奋蹄"，从早耕到晚，不叫一声苦，也不叫劳累，耕一生的田，真是"鞠躬尽瘁，死而后已"。

除了耕田,牛还担任运输工作,汉代马少,天子以下,不能具纯驷,将相或乘牛车,到晋代还是如此。马多了,牛才从这个岗位上退役。但在农村,牛始终兼任运输工作,虽然目前农村已经有了汽车和拖拉机等运输工具,牛和骡、马、驴仍然在协助运输。

牛勤劳一生,死后,牛乳当然没有了,牛肉是营养丰富的佳肴,南美乌拉圭共和国的牛排著名于世,我曾在蒙德维的亚品尝,一刀下去,见血,鲜而嫩,味美。西餐上的牛油,吃面包不可缺少的食物,牛尾汤更是名震寰宇。牛骨、牛角是工业和工艺品不可缺少的原料之一。

宁戚候齐桓公出,扣牛角,歌曰:南山粲粲,白石烂烂,中有鲤鱼,长尺有半。生不逢尧与舜禅,短布单衣才至骭,从昏饭牛至夜半,长夜漫漫何时旦?桓公召之,因以为相。(《三齐略记》)牛角歌,历史传为佳话:宁戚可谓"牛蹄中鱼",一跃为相。如果不是齐桓公,恐怕他仍然是"牛蹄中鱼"。

不论什么地区，什么国家，什么时代，往往是"学者如牛毛，成者如麟角"。(《北史》)宁戚是少数的"麟角"，多数倒是牛鼎烹鸡："函牛之鼎以烹鸡，多汁则淡而不可食，少汁则熬而不可熟。"(《后汉书·边让传》)大器小用，大材小用。

牛都没有怀才不遇之感。牛的一生追求的是奉献于人类。生前劳累一生，死后全身奉献，不想索取什么，更不计较报酬，只是吃点草罢了。

人生在世界上，应该首先考虑做点有益于人类的事，也就是奉献什么，不该伸手要什么。如果争名于朝，争利于市，朝夕所思，无非升官发财，剥削他人，养肥自己。廉者常乐无求，贪者常忧不足。(《文中子》)生既无益，死亦何损？可以人而不如牛乎？

牛的精神应该歌颂，我们要做人民的牛，做建设社会主义祖国的牛，做维护世界和平人类进步的牛。鞠躬尽瘁，死而后已。

(《新民晚报》1997年2月8日)

"牛"属说牛

陈建功

属相实在是一个了不起的发明。如果我没有记错的话,这发明的专利应该归西北地区的人民,动物纪年后来与天干地支相结合,才成了子鼠、丑牛、寅虎、卯兔。这东西过去是重要的,一是省去许多记忆上的麻烦,譬如我,不必记自己的"己丑年",只须记住属牛可也。二是娶媳妇时可以看看命相,免得娶一个"下山虎"进门,天天担惊受怕。自公元纪年时兴,加之封建迷信被扫荡,属相似乎只成为趣味的谈资了。譬如今年春节前,我就接到了三家晚报的约稿,题目大都相近——请一位"牛"属作家,谈一谈"牛"之类。

其实在十二生肖中,"牛"好谈,"牛"也不好谈。说"好谈",因其坚忍与憨厚,足可于人间大倡之。若是属蛇、属鼠,找不着"伟大意义",谈点什么好?说"不好谈",因坚忍憨厚云云,已为陈言,逢本命年便出来"坚忍憨厚"一番,也够傻的了。我记得 24 岁的那个本命年,恰好看到秦牧《艺海拾贝》里的一篇文章,提到一头发情的牛,居然把企图阻拦它寻找配偶的牧人顶死。我忍不住为这牛抚掌称快,在那一页的天头上批曰:"冲天一怒为红颜,憨牛原来也动情!"由此想写一篇文章,大意是说,牛也不光是"坚忍憨厚",牛还有执拗的情感,有金刚怒目的愤懑。想来想去,还是没敢写,那时正闹"文革",我这"牛"非但不敢"金刚怒目",连越雷池半步的胆量也没有。

还是谈谈我和牛吧。

6 岁进北京以后很少见到牛了。进北京以前我在广西北海度过了童年。童年的我天天见到牛——我家门前就是一片牛车的"停车场",那"停车场"终年泥泞,有雨水,也有牛尿。我天天看着牛们拉着木轮牛车,吱吱扭扭走向远方,留下了翻浆的车辙。远方是一片水田,再远方是漠漠平林。有一天,6岁的我忽然想到那很远很远的地方看一看,于是偷偷跳到了一辆牛车的后面。牛车是有篷的,坐在前面的赶车人没有发现我。我就坐在车后,摇摇晃晃地奔向远方。家是越来越远了,水田像一面面镜子,映照出灿灿的天光。远远的,家变成了一个黑点,在水色天光中愈发显得一纵即逝。那一刻我突然害怕起来。我跳下了牛车,往那几乎消失的黑点狂奔,直到天黑,我才回到家中。

尽管这是一次失败的追求,牛,毕竟驮过一个孩子的希望。

半年以后,这个孩子的希望终于实现了——帮助我实现这希望的,是我的父母。他们回到了家乡,把我接到了北京。

父母——在一个牛年把我带到这个世界上,又带着我走出牛车的车辙,让我看到了更大更大的世界的人——已经去世了。今天,回忆起四十几年前牛车上的憧憬和恐惧,忽然想到,倘若父母俱在,除夕之夜围坐一堂,笑谈孩提时代的一幕,他们会怎么样呢?

真羡慕你们,春节里和父母围坐在一起的人们。

(《新民晚报》1997年2月9日)

本命年咏叹调

石方禹

丁丑牛年是我的第七个本命年,老汉今年奔72周岁了,论虚岁则为73,垂垂老矣!中国民间有云:"七十三、八十四,阎王不请自己去。"我住医院已近两个月,这篇短文便是在病房写的,可见丁丑本命年开局不佳。曾戏问医生:今年阎王会下请帖吗?医生正色曰:到84岁再说吧!

总有一天阎王会下请帖的,如果那时他老人家问:

你这一辈子过得怎么样？我会回答：亏极了，有太多太多的时间被人糟蹋了，这一辈子没活够。

我于1952年春节后调去影视界，适逢上影热火朝天围绕《武训传》批判开展文艺整风，无休止的大小批判会上，电影界有头有脸的人物几乎都做了检讨。那时我是个旁观者，觉得挺滑稽。从那以后电影界便陷于一系列政治运动之中，一发不可收拾。俞平伯《红楼梦研究》批判、胡适思想批判、《文艺报》事件和"丁、陈反党集团"批判……这些倒还没有杀伤力，到了反"胡风集团"斗争，便开始看到旁边有人倒下了。"反右"开始后便有更多人倒下了。我的恐惧感与年俱增。"文化大革命"一开始我便被揪进"牛棚"。终于我也倒下了。那时我暗暗算了一笔账，从1952年初进电影厂到1966年被揪进"牛棚"，15年中我干业务工作的时间零零星星加在一起，总共不过三年半时间，剩下的时间全被糟蹋了。三年半的工作虽短，却总还是做了一星半点工作。不料每做一件事，头上便长出一根辫子。我从运动的旁观者到陪斗者、到挨斗者、到被人揪住满头辫子打翻在地,这就是我27岁到51岁的经历。这可是人的一生最美好的年华呀!

"文化大革命"结束后,上影厂从1977年重整山河,我又被任命为文学部主任(我先前是海燕厂文学部主任),我和我的同事们心往一处想,劲往一处使,闯出了上影剧本工作的局面,每年都有几部叫得响的剧本和影片问世,上影的经济效益也颇为可观。我把1977年至1982年这5年文学部生涯视为"四人帮"倒台后我生命的第一次"舒畅"。

1982年我被调到文化部电影局工作。这里有做不完的工作,我只恨上帝给我的每天时间只有24小时。奇怪的是在我前面工作任务如火如荼,但在我背后却时时觉得凉风阵阵。1985年是我的第五个本命年。流年不利得很。出的第一件事是法国电影回顾展上有一部表现原始人群居生活的影片,有几处原始人性交的场面,为这件事折腾了好一阵子。第二件事是因为我写了一篇题为《多一点娱乐性》的文章而被指控为主张搞"娱乐片"(电影界确有人有此主张,我至今不同意"娱乐片"

的提法），因而有人大叫大嚷要炒我鱿鱼。我却每半年上书一封要求免我职务，直到1990年才得以实现，接着于1993年办了离休手续。

就在1990年，我来北京后认识的一位值得尊敬的部长找我谈话，邀我参加专门拍摄供海外播放的电影、电视片制作中心的工作，这一干已历时7年。我现在无官无职有用，劲有处使，工作见成效，同人间相处融洽，心情就像当年在上影文学部一样，似乎是又一次"舒畅"。但就在这个大好时光，我的健康状况却江河日下了。有人劝我就此撒手彻底休息。我想为了补偿过去时间的大量亏损，我理应加倍珍惜有限的未来。

（《新民晚报》1997年2月10日）

放牛的日子

叶 辛

对我来说,这是人生的第五个牛年了。

如果说第一个牛年几乎没有留下任何记忆的话,那么第二个牛年留下的,则是我最早迷恋文学这个灰姑娘的历历往事。让我难以忘怀的,是第三个牛年的经历。记得那正是1973年,已进入了我插队落户的第五个年头。颇为令人回味的是在这一年的春种秋收农忙假中,我正在放牛。

每天,天还没亮透,随着阵阵牛角号声,散养在各家各户的大牯牛、老水牛、黄牛、小牛犊,就从院坝里走出来,从朝门里拱出来,顺着被露水打湿的青岗石级寨路,走到高高的斗篷山草坡上去。

在蛮荒偏僻、山清水秀的贵州山乡里放牛,对我来说已经不是一件新鲜事了。头几年我就时常跟着牛群上坡。1973年我已调进耕读小学教书,不需要一年到头上坡去放牛了。只在春耕秋收放农忙假的那些日子,才能重操旧业。放农忙假之前,队长算是尊重我这个"民办教师",征求我的意见,问我农忙时节干些什么,我不假思索地说:"放牛吧。"

我喜欢放牛。随着一整个生产队的牛群上了坡,来到斗篷山绿茵茵的草坡上,来到鸭子塘清澈的水波边,牛们悠闲地在坡上吃草,安然地在池塘里嬉戏沐浴。而我呢,则可以静静地坐在山坡的岩石上,或者干脆舒展四肢躺在松软的草地上,瞅着青山绿水,瞅着蓝天白云,眺望着连绵无尽、千姿百态、气象万千的山山岭岭,倾听着从峡谷那边传来的悠长的时常还透着苍凉的山歌，人会静下来，青春的躁动的心会安宁下来。这时候，我时常会觉得大自然是如此的博大、壮美、和谐，而置身于自然景物里的我，又是如此渺小、如此微不足道。蜜蜂在嗡嗡叫，蝶儿在草丛里飞，阳光烁着人的眼，牛甩着尾巴，不慌不忙地驱赶叮咬它的牛虻、飞蚊。每当处于这样的环境里，我就会想到人生的意义，想到劳动和人的关系，想到白天和黑夜，想到大自然的风雨和人世间的沧桑，想到人的有为和无为……想得累了，就环顾远近的山峦欣赏高原的风光，远远的山涧里飞泉像白练一般无声地悬挂着，清溪的流水轻吟低唱着从高处淌来又向山谷里淌去，倾泻无尽，阳光灿烂地照耀着，轻拂而来的风里有着草木的芬芳。周围是那样地静谧而又安宁，生活是那样地清贫却又平静。而时光的流逝，几乎慢得可以用手触摸得到。就是在这样的日子里我想通了很多很多平凡的有时又是深奥的道理，这样的思考使得我能豁达而平和地对待人生，对待世间的矛盾和纷争，这样的思考也使得我后来坚持不懈地拿起笔来写下最初的一些小说……

聊以自慰的是，高高的斗篷山，绿茵茵的宽大的草坡和清溪，都曾被我写进了小说。《蹉跎岁月》中的主人翁放牛的那些故事，几乎是我亲身经历的。

哦，那些放牛的日子。

(《新民晚报》1997年2月11日)

我真如一头老牛

贾 芝

我是不相信命运的，可是正当新春来临之际，不只一个朋友提醒我，说今年是我的本命年——牛年。有一种日历上以多种色彩和突出纸面的立体形象描绘出牛的各种姿态，宣扬牛欣逢好运了。属牛这一关，我是逃不脱的了，反而令我感到交了红运。

想到小的时候，我的不识字的祖母掰着手指头让我"子鼠、丑牛、寅虎、卯兔……"地数，一直要我数到"戌狗、亥猪"。我的母亲也常指责我"牛脾气"。真是"江山易改，本性难移"。天干与地支相配的十二属性，轮回推移，以示纪年，同自然界的运行与我国自古已有"天人合一"说，岂不似乎确也是息息相通，人必然不免受到大自然以至社会生活环境的影响吗？

屈指一算，迄今已是我的第八个牛年了。在这漫长的岁月中，在世界风云多变和我的行踪之中，回顾以往，我也确如一头牛。我生于1913年阴历冬月十五，恰恰又是"冬至"那一天，从第二天起，白天渐长，驱向春暖花开的季节。

第三个牛年。正逢"七七事变"爆发，那天晚上天气炎热，我乘最后一趟火车离开了北京。翌年（1938）夏天，我放弃了去法国里昂大学留学，从陕南北上延安，献身革命，从此我的命运与祖国、民族的命运紧紧联系在一起。抗日战争与解放战争期间，我是在革命圣地延安和陕北度过的。革命的需要就是我的志愿。我从事诗歌创作、文学翻译、理论研究，又做了很长一段时间教育工作，还随军参加了前线的战斗，也做过战地救护,曾下乡为部队动员粮食。想不到在毛主席和党中央的英明领导下,胜利来得那么快,1949年,我的第四个牛年,新中国诞生了。我像往常一样坚决服从分配,又参加了进京开第一次文代会的西北代表团,带着胜利的喜悦,又回到了离别12年的北京。

近半个世纪以来,在社会主义革命和建设中,我依然是一头老牛。1961年,我的第五个牛年,我坚持创办"民研会",在"大跃进"兴起搜集民歌时召开了民间文学工作者第一次代表大会后,也陷入三年困难时期,几乎难以为继。正在这时,组织上决定让我率团访问苏联,机票都买好了。我一想到多难的"民研会"和方兴未艾的中国各民族民间文学事业,我的牛脾气又来了,我不走了,我不去苏联而要先办好"民研会"。1973年,我的第六个牛年,我下干校劳动3年之后临要回社会科学院时,军宣队代表问我:"你将来还搞不搞民间文学?"这是在"文联""民研会"都已被取消了的情况下。我坚定地说:"还要搞!"1985年,我的第七个牛年。我已离休了,别人劝我该休息了,我却始终"离而不休"。我又亲自率团两次赴芬兰参加史诗《卡勒瓦拉》150周年和《卡勒瓦拉》与世界史诗国际讨论会。首次在国际论坛介绍了中国史诗的丰富和艺人演唱情况,"史诗在中国还活着"成为热点话题,中国代表团成为会议和新闻媒介关注的中心。我受到芬兰总统的接见,又荣获"卡勒瓦拉"银质奖章。我注重的是促进中国民间文学走向世界。今年是我第八个牛年,我仍要奋蹄勤耕,继去年成功地主持了国际民间叙事文学研究会(ISFNR)北京学术研讨会的召开,为民族民间文学事业开创新局面。

早在50年代,刚开始筹建民间文学开拓事业就遇到骑虎难下的悲剧,我"索性骑虎不下",牛居然骑在老虎的背上奋进到今天。志同道合的朋友遍天下,确也足以自慰。

如果不是一头牛,有股子牛劲,我能够三生有幸,足迹至今吗?前不久看根雕展览,其中也有几头不同姿态的牛,偶感成诗数首,其一云:

虎踞岩上一声吼,

彩蝶飞舞画梦中；

老牛憨态何似我，

弓背鼓劲醉前程。

奉献未了，前程难已！

(《新民晚报》1997年2月14日)

我这头牛

吴泰昌

京城着迷宠物的人越来越多,不光女士,但我还没有资格入围。虽然我喜爱动物画在文艺圈子里也是小有名气的。我的散布在全国各地的画家朋友,曾为我画过不少生肖。去年广东一位名画家,送我一张猴,将无拘无束的生灵,凝聚得那么真诚执着,使我爱不释手。

我属牛。也许牛对牛体会入微,每次展看有人送我的牛画,在满意之中也往往杂有许多不满意。

今年是我的本命年。意识到我已进入本命年，还得感谢老编辑高汾女士。在圣诞节刚过不久，她就数次电话约我就本命年为《新民晚报》写点什么。

在我的作家朋友中，同属的不少。《文艺报》老主编张光年，还有张洁、叶辛、陈建功、鲁光、吉狄马加等，我们交谈时，谁也不曾谈及牛或特别强调牛。倒是不属牛的冰心老人，几乎每次交谈时，都提醒我是一头牛。1992年我出访意大利归来见她时，她微笑着指着我和她的女儿吴青、女婿陈恕说，你们这三头牛。她没说牛该干什么，我理喻，牛该更勤奋地耕耘，我点了点头。

我才忆起1961年是牛年。我当时在北大做研究生。导师杨晦教授在拜年时，就布置我必须读完《诗经》全集，在余冠英先生《诗经选》的基础上。导师朱光潜教授也布置我必须将黑格尔的《美学》仔细读完。我做到了，在牛年。

上溯12年，1949年，记忆犹新的这个牛年，我是在上海度过的。春节前我因病从老家皖南赶到上海，寻找在沪上任公职的哥哥，为了检查肺部。哥哥供职的单位在金神父路,就是现在的瑞金二路。一个几秒钟的透视,断定我心肺正常,至今我每次体检均心肺正常,图了牛年的吉利。解放上海我是一个目睹者。多少年后我数次看电影《战上海》,才知道大上海是怎么一步步被解放的。当年我才12岁啊!

今年初五,我又去北京医院,先看了钱锺书、杨绛夫妇,杨先生永远是那般细声细语:"今年是你的本命年。"冰心老人虽然体弱,话语不多,但还是指着我说:"你这头牛。"

牛在画家笔下本是好画的生肖,动态的、静态的。今年的牛在画家笔下该作如何状?我问一位画家,他反问我。真狡猾。其实,他正在心中构思牛年的风光异彩,正在构思牛年牛的动作,我明白。

(《新民晚报》1997年2月16日)

风雨沧桑阅九寅

苏步青

今年是虎年,亦是我的本命年,屈指一数,竟已进入第九个虎年。作为一个与世纪同行的老人,我觉得十分荣幸。回首往事,感慨万千。

"卧牛山下农家子,牛背讴歌带溪水"。1902年9月,我出生于浙江平阳带溪乡。第二个本命年时,我进入北港第三小学念书。此后的12年,经历中学学习,受到老师的器重和校长的资助,东渡扶桑,留学日本东京高等工业学校电机系、东北帝国大学数学系。到了第三个本命年时,我已写出第一篇数学论文,发表在日本学士院主办的学术刊物上。据说,当时本科生在学士院学报上发表论文几乎没有,因而在学校引起很大轰动。日本一家报纸为此还专门发了一条新闻。

"衰鬓布衣归祖国,同甘共苦为民仆"。就在1931年获得理学博士学位后,我谢绝亲友和师长的挽留,毅然回到浙江大学执教。我想,虽然国外条件优越,但在那里是为外国人干活。尽管家乡还很贫穷,但那是为自己的国家尽力,我心甘情愿。第四个本命年时,正是抗日战争之时,日寇的炸弹在人间天堂爆炸,美丽的西子湖变成死亡的地狱,我国人民承受着痛苦和磨难。在浙大师生西迁途中,有我的身影,在遵义湄潭的课堂上我为培养优秀数学人才忙碌。抗战胜利后,我重返武林操旧业。中华人民共和国成立前夕,国民党密谋将我送往台湾,但我留恋大陆不忍别,终于迎来中华人民共和国成立的曙光。在第五个本命年时,我已成为浙江大学的教授,并担任教务长。我的第一本书《微分几何学》也已出版。

"西越昆仑探欧国，东横沧海观日出"。中华人民共和国为我的事业提供了优越的条件。在第六个本命年前后，我出版了4部专著，有两个科研项目获国家级奖励，还出访罗马尼亚、日本等国讲学。1956年任复旦大学副校长，1958年任复旦大学数学研究所所长，1959年加入中国共产党，当选为第二届全国人大代表。我的业务专长得以报效祖国。"漫跨步履健如飞，牛棚长负十年悲"。就在我踌躇满怀之际，"文革"开始了，因遭受迫害，我进了"牛棚"，下乡下厂劳改。但就在这种恶劣的环境下，我坚信那不是我们党的路线所为，仍不忘教书育人，与工人技术员一起开展船体数学放样研究并获成功。第七个本命年，就是这样度过的。

"垂老攀高志尚存，苍颜白发献终身"。正如"大难不死，必有后福"所云。粉碎"四人帮"之后，我于1978年任复旦大学校长，主持拨乱反正工作，把所有的精力，都投注到工作和著书之中。1983年退居二线之后，又三次为中学数学教师举办数学讲习班，将自己的余温贡献给祖国和人民。在第八个本命年前后，祖国进入改革开放时代，我亲身感受到改革带来的新气象。我担任全国人大常委、全国政协副主席，这都是党和人民对我的关怀，我永远感激不尽。

"虽未龙钟须服老，岂因虎肖便扬威"。1983年我曾写过这样的诗句。在迎接第九个本命年之际，我已进入暮年，更不会"扬威"，但我的心仍记挂着国家的昌盛，注视着世界风云。"待得神州四化时，重上卧牛寿一卮"。

（王增藩整理）

（《新民晚报》1998年1月28日）

虎年谈虎

杜 宣

虎属猫科,百兽之王。人们爱虎,但又怕虎。人们爱虎的刚猛、威仪。如对勇敢善战的将军,称为"虎将",对勇敢善战的士兵,称为"虎贲"。对一个工作雷厉风行、办事有活力的人,称为"虎虎有生气"。称赞有出息的孩子为"虎子"。如对一个人走路很有气势,称为"虎步"。军事上的信物称为"虎符"。虎是食肉动物,但一般它是不伤人的,只有在饥饿的时候,才会发生食人的情况。因此，人们又害怕它。如谈到一种可怕的情况，人们神情不禁紧张了起来，形容为"谈虎色变"。从一个危险的地方逃脱出去，称为"虎口余生"，或"逃出虎口"。

如需要冒险犯难去一个危险的地方进行工作，称为"不入虎穴，焉得虎子"，"虎穴"，已成为一个最危险地方的代名词。过去封建社会衙门口，均挂有"虎头牌"用以吓唬老百姓。大堂上，三班衙役站立两厢，称为"虎威"，使老百姓一进大堂都吓得战战兢兢。对于老虎说好说坏的例子，真是不胜枚举。

虎列入十二生肖，今年为虎年。至于十二生肖是如何产生的，我没有考证过。除我国外，日本、朝鲜、越南等国也有十二生肖之说。看来这是汉文化的特征。在我幼年的时候，我家乡的孩子们，多戴着用色布做成虎头的帽子，穿着有虎头的鞋子，乡人认为这样威武，可以辟邪。因为虎为百兽之王，一些妖魔鬼怪看见虎头就害怕了，小孩就可以无病无灾。这当然都是迷信，不经之言，但由此，虎头帽和虎头鞋却流传了下来。

我的生肖属虎，今年为我的本命年。岁月如流，我已八十又四了。待到下一虎年时，我将九十又六岁。当这样想的时候，我几乎不敢相信。真是"曾记幼年骑竹马，回头已是白头翁"。人生苦短，古人说："生也有涯。"这是无可奈何的事，是不能改变和无法抗拒的。但是人的价值却在这有涯的生命中，创造出无涯生命来。因此，我将在这有限的岁月中，尽可能地争取多做点什么，人的能力是有大小的，只要我尽了我的力量，我就会认为我的一生没有白过。如此而已，岂有他哉！

(《新民晚报》1998年1月29日)

我是属老虎的

姜　昆

我是属老虎的,曾经在老虎洞里"做过各种各样的"遐想,逗得中国人哈哈大笑,所以,在虎年到来的时候,谈上几句关于老虎的感想,应该是顺理成章的事。

人们都说属老虎的人有领袖欲,愿意管人。其实仔细地查,无产阶级和资产阶级的诸位领导者,属虎的没占几个。马克思导师属牛的,美国总统林肯属龙的。中国的领袖属什么大家都知道,基本上与虎没沾边儿。

无非是老虎在野兽中是"山中王",再加脑瓜顶上的明显标志,大家就得那么个印象,于是把人和它联系在一起,至于为什么高级动物和野兽搁一块儿说,那就属于"考虑不周"了。

奇怪,老虎吃人的事实曾经发生过,人打死老虎的事大伙也都熟晓。可偏偏提起虎来,中国的话语中几乎全是好词:虎虎生威,虎虎有生气,龙腾虎跃,就是有那虎视眈眈、狐假虎威的词儿,也是借着老虎那阳刚的霸气而来,对虎毫无贬意。就是在早年的农村中的小孩,也愿意在脑袋上给戴个小虎帽儿。狼也吃人,谁家的孩子没事儿脑袋上顶个狼崽子?看来,中国人喜欢老虎。

喜欢老虎,无非是说老虎有股子"王气",而且它的阳刚之气让人们看着心里舒服。上山的虎,有股子寻着目标进取之意,下山的虎,蕴着即将迸发出的奔走雄姿,就是假依在小虎崽边儿上的公母老虎那杏眼利目中,也透着警觉而让人有它在保护安全之感,不怪老虎成为那么多画家笔下的钟情物,水墨丹青,人之意也。

人活得潇洒，活得惬意，活得自己舒服，也得让别人看着舒服。男同志操起毛衣针巧走龙蛇，大男孩操起娘娘腔追求几分"清秀"，奶油小生将自己的脸涂抹得与"仕女"不分伯仲，再加上有时候由于内心胆怯，在众人面前老爷们儿拿出少女涉世的那种羞怯之情……行了，定把他们跟老虎搁一块儿，让他们"深入生活"一星期，以观后效。

虎年和上海人谈这些事，有没有"坍"上海人的"招势"？才不呢，上海这些年迈虎步、走牛市，全国有目共睹，与虎虎生风的上海人有密切联系，谁要用老眼光看新事物，那就是北方人称的"二虎"了。

虎年，让我们都从老虎身上得点儿东西，好吗？

（《新民晚报》1998年1月30日）

我的第五个本命年

苏叔阳

一过春节,便是农历戊寅年,虎年,是我的本命年。我的这一个本命年,在我的亲友心中似乎比先前已经度过的那4个本命年更有意义。先前的4个,不知怎的,总没撞在幸福之门上。12岁那年,1950年,我和我们的共和国一样贫穷而快乐。快乐固然不错,但贫穷也是实在的,不会有人想起给一个12岁的娃娃系什么红腰带;24岁,1962年,正是困难时期,大家都在受灾祸之克,我就是系上365根红腰带也赶不走饥馑之神；36岁，1974年，还处在"天翻地覆"的时代，而且迷信渐消，理智归巢，却又说不得动不得，沉沉乌云罩住心头，谁都郁闷得很，你敢系红腰带以辟邪？说不定先将你当作邪魔打翻在地，大伙儿出口窝囊气。48岁时节，好了，是1986年，好像有中国作家协会组织的虎年送书活动。凡肖虎的作者，地无分南北，人无分老幼，百人献百书，签上名盖上章，整了一个大匣子，颇为风光。可惜，这大匣子我没瞅见过，只在报上见过发售与馈赠的消息，好像还漂洋过海到了香港，先行庆祝回归。我未能恭逢其盛。那个寅年，也在不经意之中度过，无灾，也无喜。

这第五个本命年可不同了。一是年届花甲，人生只此一次。从今而后，没了多梦的少年，如花的青年，葳蕤的中年，一步步走向落木萧萧的老年。好像日子还没开始，便噌的一下子跌到老年时节。二是4年前在生死关上散步了一次，如今还苟活着。是为大幸、大喜，又碰上个"整寿"，亲友们觉得该高兴高兴。所以，未雨绸缪，本命年还没到，就商量怎么给我扎束停当，让邪魔不得近身。这善良的愿望让我感动，觉得活着真好。灵魂的世界是不是也过本命年，也有鬼朋魅友张罗着给系红腰带以利身心，我不知道，但活人的世界以这份手造、心造的仪式让生活在平淡中起些波澜，实在是蛮有意思的事。

其实，本命年只是天干地支历法造成的妙处，每12年一个小小的轮回，让你有个回首往事瞻望前方的机缘。西历（格里历）无此说法，我们只好十年一回首，百年一沧桑。轮到更迭世纪的时候，普天之下，预言迭出，让你昏昏然。倘使束红腰带以辟邪的仪式真个见效，可保你在本命年中平平安安，那么，世纪之交的地球也应当束一根又粗又长的红腰带以辟祟。因为，憋着要在世纪交替时冒坏的人绝不止一位。生怕人们忘了他，鼓捣出点大响动的主儿正在加紧准备，不信就等着瞧。

要说本命年，年年都是，只是生肖不同，十二生肖轮流坐庄，大家排队过本命年。邪魔祟怪也轮班捣乱，年年如此，岁岁这般，还有安生的日子吗？因此，束红扎彩以辟邪的说法，只表明了人们对社会随时都有不如意又想时时如意的一种无奈的心态。倘止于仪式而不注入迷信，也是个温馨的游戏。况乎还可年年生产红腰带，多一份产业与就业的机会，何乐而不为？

我属虎，我母亲也属虎，偏偏我的大儿子也属虎。一门三代虎，理应虎气冲天。可是，我们早年视虎为祸，歌颂打虎英雄，连历次政治运动被打倒的对象也称之为"虎"。贪污犯称虎，"走资派"称虎，我这个"漏网右派"也被称为"死虎"，直弄得我想换一个生肖，改为猫，既与虎同科，又招人待见，成为宠物。但我从没养过猫，也就没有亲属感。幸而近年保护动物之说盛行，行凶狂啸者又受爱护，我对属虎又添了信心。

我的红腰带尚未买到，因为北京本地所产只是一根红细带儿，拴婴儿可以，拴我这老头儿就差事。既然过本命年是岁岁皆然的事，为什么不做这赚钱的买卖呢？切不可以利微而不为，此乃商家之要计也，倘或明年有合适的——我又不能带了，因为过了本命年！

（《新民晚报》1998 年 1 月 31 日）

谈虎色变

舒諲

我生于1914年，岁次甲寅，今年正是本命年又庚临八十又四，俗称："七十三，八十四，阎王不请人自到。"我一身是病，是个"药罐子"，一天也离不开药物延长生命。柯灵有云："年老百病侵寻，始知长寿非福。"我十几年前患膀胱癌，病灶切除后，能苟全性命至今，洵非始料所及。我也活够了，什么大世面都见识过了，什么千灾百难也都受过了，应该可以乘风西去而无憾了。彼苍者天，大约还要我再折腾几年受活罪。倘若还有来生的话,我也不愿乘愿重来,宁堕地狱、饿鬼、畜生下三道。王春瑜说:"今年你84,是人生一大坎,又碰上本命年,我要送你一条红腰带来消灾。"说罢,彼此哈哈大笑。

回顾鄙人,生于忧患,却未必死于安乐。我一生经历四个时代。童年,值连年军阀混战,民不聊生。中年值抗日战争,颠沛流离。后半生欣值"天翻地覆慨而慷",过了几年舒心日子。但好景不长,不幸碰上虎而冠者,被整得死去活来。身陷虎穴,"心之忧危,若蹈虎尾,涉于春冰",难得有几天安稳。幸遇邓大人当家,拨乱反正才时来运转,总算未饫虎吻,从拔舌地狱中被拯救出来。可是,我这虎口余生,却又该下岗离休了。

这15年闲来无事,重新拾起秃笔爬格子,聊作精神寄托,不管写得好与不好,也算没虚度暮年。分析我前半生生不逢时,毕业即失业,在家赋闲两年。饿得没办法,远走广州,连一个低三下四的三等科员也干。科长是老公事,熬到白头才当上这芝麻绿豆的官。不用说,那时的衙门信任老成持重的人,嫌我少不更事,不让我起草文稿,只给审批各县按月上报的囚粮表之类的表格,照例批示"呈悉。表存查"5个大字归档交差。把一个大学生当录事使唤,日子虽无聊,好在衙门距我住处越秀山麓的颙园不远,权当散步锻炼身体,而且贪图设在那机关门口的聚丰园的江南风味火腿蟹壳黄,足以一饱口福。抗战胜利后,许多有门路的人升官发财,"五子登科"去了,我却被黜,靠同学帮助,换个地方又当起码货的三等专员(所谓专员者,大科员也),整天坐冷板凳,调来调去依然摆脱不了三等货。中华人民共和国成立以后,讲门第,论年少,而我已垂垂老矣,又不肯当驯服工具,遇事直来直去,口没遮拦,这种不听话的虎气,必然背时。总结一生,只有抗战时期,我走南闯北,从大后方走上前线,从前线去延安,从延安经香港进入沦陷区上海的"孤岛",又从沦陷区回到大后方,直至日本投降时才自重庆东还,不久复往解放区石家庄,可谓马不停蹄,春风快意。再有就是中华人民共和国成立之初的五六年,组织上派我身兼三职,忙得不亦乐乎。天天从清晨五时干到晚间九时才得回宿舍休息。所以,我活到今天,只有十四五年的时间是实际在干工作。1957年以后，狂风暴雨，一阵接一阵没停止过，十年"文革"算是最后一战了。这时，人也衰老了。当人生少壮有为之时，我正当蒙难之厄，白白浪费了大好光阴，年少时那番"豪情壮志"，磨洗殆尽，奈何"凄凉闲里老"！

有人认为我一生虽事业与学问两无成就，却过着传奇性的生活，经历复杂，交游广泛。黄宗江对人说："舒五哥没有不认识的人，知道的事真不少。"这话夸大了，看来是褒，也是贬。我一生接触的人，虽形形色色，既有两朝达官贵人、海内名流、文坛巨子、方外高僧，也有丽人名优、贩夫走卒下至牛头马面者流、帮会袍哥大爷诸色人等。这大都因为革命工作的需要。现在历史任务既已完成，由绚烂而归于平淡也是自然的。"浮云世事改，孤月此心明"，是表我此时的心境。

虎啊！虎啊！还是马马虎虎，"难得糊涂"的好。

戊寅元日

（《新民晚报》1998年2月1日）

忘 年

秦绿枝

糊里糊涂的,又轮到自己要过本命年了。坦白地说,我对此并不在意,更无兴趣。现在有好些老人都在奉行一种"忘年"的人生态度,不老是计算自己今年已经几岁,明年将是几岁,反正就这样一年一年地活下去,争取多活一年是一年。我认识一位老先生,他每年过生日的这一天总要请至亲好友吃顿饭,但决不讲明这是生日宴会。凡是应邀前往的,也不要提这件事,当然更不要送什么蛋糕之类的礼品，去了只管开怀畅饮，纵情欢笑，什么话都可以说，只注意祝福生日之类不要说，说了老先生反倒不开心了。

我很理解这位老先生复杂矛盾的心情。人生的自然规律是不可抗拒的，但稍微跟它闹点别扭还是允许的吧！

说起过生日，我的生日是农历腊月二十九，小年夜，如逢到这一年腊月是小月，没有三十，我的生日也就是大年夜（刚过去的牛年也是），所以我小时候总听见长辈们开玩笑似的说：这孩子生成的小气，人家吃不着他的生日酒，因为家家都忙着过年，谁愿意来？

也确实如此，从青年、中年到老年，我记不清有哪一年是一本正经过生日的。不要说是小生日，就是逢十的所谓大生日，也从没有请亲友来热闹过一次。在环境拂逆时自然谈不上过生日，到情况好转了，还是不把生日当回事，因为生命被耽误了20多年，生日只会更加引起我的感伤。

同样的，过春节我也不觉得有特别的兴奋。70年代中有5年,我在南京梅山劳动做操作工,每逢春节,我主动"发扬风格",让同班组里的上海人回家,我留下值班,在机器旁边守岁。上一个再上一个虎年是1974年还是1975年,反正那年我是虚岁49,这一年倒有些事情可以记记。一是上海的朋友见我老是孑然一身,出于怜悯之心,为我介绍了一个对象,接触过两次,又书信往来过几封,终因我的"摘帽"问题,又穷得家徒四壁,吹了,吹了就吹了,反倒觉得轻了负担。

二是我的好友、已故的诗人唐大郎从"牛棚"释放,获准退休回家。他忽然词兴大发,写了不少颇有"绮思"的绝妙好句,都寄给我看。我也不禁技痒,有一天在岗位上枯坐无聊,前一天又进城逛了当时荒落的秦淮河,颇有感慨。便七拼八凑,硬啃出了一首"金缕曲",如下:

痴梦当醒悟。数平生,行年四九、用情多误。捣碎愁肠千百转,只索催人老去。空怅惘,王孙迟暮。但有珍珠量一斛,又何须,倚马夸词赋。书卷气,逆时务。

秦淮两岸罢歌舞。况萧萧寒烟衰草,哪堪久驻。妄念而今收拾起,纵使良宵如故,欺白发,总成虚度。暗自销魂无一语,倚危栏,望断天涯路。思鲍叔,欲倾诉。

我将这首习作寄给大郎看,竟蒙他评为"孺子可教"。

但自此以后,我竟做不出第二首了,到底不是这块材料。还有,所谓"愁苦之言易工",欢乐之类的话多说是很乏味的。

(《新民晚报》1998年2月4日)

再努一把力

梅 志

我家本有四虎,现在我的老伴先我而去已12年了。他未能活到84岁,更不用说96岁了。留下我这只孤虎和两只小虎。我的大孙子24岁,已经大专毕业工作了,现正准备读大学;女儿是虎年的最后一月,也算赶上了。她现在为父亲的文集、全集尽心尽力做编辑工作,争取早日出版。

而我这只老老虎,今年正好84岁。这年份不太好。

俗话说："七十三、八十四，阎王不请自己去。"我当然自己是不肯去的，尽管生活不算太高级，但是一家十二口人倒也其乐融融。

当然岁数是不饶人的，阎王爷已在觊觎我了。我已显出老态龙钟，走路总是走在人后了，记忆力也日渐衰退，还有……不过与有些同龄人相比，我看上去又还好。至少我生活还能自理，也还能工作。

尤其是我不甘心，我要补回我失去的20多年，我不敢说，与天斗，与阎王斗，但我可以与自己斗，我还想尽我的余生，再努一把力。我还有许多事可做、可写，就这样而去，我还真有点儿不甘心。我并没有什么大志，只想活在这美好的新时代，再做一点添砖添瓦的小事，如此而已。

其余我无奢望，只望不生大病，尤其是痛苦的慢性病。我至今除了生两个孩子住过几天医院，没因病住过医院，我希望能永不为病住院，让我高高兴兴地快迅地去向阎王报到，离世而去。

这是我同病魔作斗争的余威。我不要活得太长，尤其不愿孩子为我浪费时间为我值班守夜。作为一个老虎我能战胜病魔！尽可能地多活几年。

(《新民晚报》1998年2月6日)

虎年牛劲

孙 颙

我的生日是在正月里,是虎年开始不久的时候。我想,本来也可能属牛,兴许隆冬季节太冷了,母亲的肚子里暖乎乎的,我舒舒服服地躲在里面,不急于到人世间闯荡,那一点懒惰,使我挨过了牛尾,迎来了虎头。

这并非闲得无事时的瞎想,而是人生的自我感慨。我觉得,无论是我的人生经历,还是我的性格脾气,都带有强烈的牛年特征,而少有"虎虎生威"的豪迈。

少年时的事情不必说了。如今,我已是成年人,今年是第三个本命年。或许是巧合,三次本命年的前一年(当然都是牛年),人生都发生转折,面对艰巨的挑战,于是,本命年也就是竭尽全力去奋斗、去拼搏的时候。

1974年是虎年,我在崇明岛上的农场当知青。此前的1973年,我刚生完一场大病,把身体拼垮了,正愁今后怎么办,遇上几个到农场来的老编辑,他们鼓励我提笔学习写作,反映我们的知青生活。那些日子,我读了许多名著和中国历史,思考了大量的问题,并开始试笔。那已是"文革"后期,极左路线与思潮仍笼罩着中国,但人民要求改变现状的愿望越来越强烈。第一代的知青作家在这样的"阵痛"中起步了。那时经常见面的有叶辛、张抗抗、王周生等。道路崎岖,常是走两步退一步半,负重而缓行,不很像牛耕吗?

1986年,我36岁,又逢虎年。此前的1985年,我被任命为上海文艺出版社社长。年轻而资历浅薄,挑这样一副重担,惶恐不安可想而知。那个本命年,我停止写作,全力以赴,不敢稍有懈怠地从事出版社的工作,总算勉强通过最初阶段的考验,社内社外的一般评论,觉得这个新社长还过得去,对我是很大的安慰了,种种辛苦,也就不必再说。

一晃又过去了 12 个年头。走进新的本命年时,我突然发现,离 50 岁的门槛很近了,人生过得飞快,眨眨眼就溜走了一大截。几天前去参加中小学生演讲比赛授奖会,席间猛地有一阵冲动,很想对孩子们说,35 年前,我还是小学六年级的学生,得过一回征文奖,一张薄薄的纸头,一直温暖着我的心……好吧,还是少一点感慨。现实是,在刚刚过去的牛年里,我被任命为上海新闻出版局的局长,新的紧张与重负时时压迫着我,催促着我,全身心地干,还怕招架不了。缺少虎威,就多用点牛劲吧。虎年牛劲,便是我春节中的想法。

(《新民晚报》1998 年 2 月 7 日)

画兔小记

华君武

我属兔,兔子大概因为在月亮里捣臼制药,被称为"月兔",成了月亮的代名词,还有一种孩子爱吃的奶糖称为"大白兔"。除此之外,名声并不太好,狡兔三窟、过去北方骂人"兔子"(是一种不光彩的男性职业)等都属贬词。在外国好像口碑也不佳,我记得从前中学英文课本里,其中有一篇课文是讲兔子的,开头就说"从前有一只胆小的兔子"(Once upon a time, there is a timid hare），至于《伊索寓言》里《龟兔赛跑》中那只骄傲的兔子已经世界驰名了。兔子又长着兔唇，吃起东西来也有一种滑稽感，又患有现在流行的红眼病，所以我感到兔子的形象和心态十分复杂，大可入漫画，大约从60年代开始，迄今约有十几幅了，现择其要者略述：

1.《转败为胜》是为兔子翻案的，画中乌龟因为战胜了兔子也骄傲了，抽着烟斗，潇洒走向终点，没有想到这次兔子改正错误不再睡觉，早已到达，捧着奖杯等着乌龟。

2. 画中老兔看报，对漫画中兔子牙齿画得太长，认为是丑化兔子，旁坐小兔正在啃萝卜却说牙齿不长怎么啃萝卜。此画题目是《观赏和实用的矛盾》。

3. 一人盘腿坐树下，大概是在守株待兔，后面有两兔在说："他大概是搞计划捉兔的。"此画如在十一届三中全会前发表，必被批判。

4. 我在12年前兔年时，看到有些老干部下台后有不平心态，也看到一些上台干部的自得态，作兔上虎下图,说了这是自然规律,故上不必骄傲,下亦无须悲怆。

5.我作《狡兔三窟》,画一老兔在三窟前指一窟说:"谁说我多占住房,这一套是我快要出世的孙子的。"还有几幅就不多说了。

己卯兔年将到,每逢年关报刊多来组稿,虎年画虎、兔年画兔是不必说的,但今年上海报刊向我组稿较多,《文汇报》《新民晚报》《解放日报》《现代家庭》都要画兔,我也一一画了。

《漫画世界》是画了一群黑兔、白兔在赛跑,题曰"白兔黑兔,跑出成绩就是好兔。仿邓大人意"。图之上端有兔子在看比赛,有的手持标语牌上写:"反对吹黑哨""上班不能睡觉""不要捣糨糊""不要天天讲休闲"。旁有一龟也持写了"勿忘历史"的标语牌,其意自明。

上海两湾一宅旧区改造,旧房都拆了,兔穴想亦不可免。兔家在奠基上张望,小兔说:"爸爸,我们搬到哪里去?"兔父答:"大概搬到西郊动物园附近。"后来有人告诉我那里确实盖了高级公寓,这是巧合。

为《解放日报》画了《兔年婚纱照》，祝福兔年结婚的新郎新娘们。最后为《现代家庭》杂志作以"兔年还是只生一个好"为主题的画。有人问我为何画了这么多兔年喜庆画，我想大概是我的本命年的到来，一高兴就画得多了，借此预祝老兔漫画创作上缓走下坡路。

1999 年 1 月

（《新民晚报》1999 年 2 月 16 日）

喜欢兔的善良,不喜欢兔的懦弱

于光远

一个多月前,接到高汾打来的一个电话,告诉我有一本专门约请属兔的人来写的散文集正在筹备,要我也写一篇。并且她希望1月底就交卷,争取很快地编好出版。她算是找对人了。我妈妈生前保存着全家所有人的"八字"。我是乙卯年壬午月丁酉日丁未时生。再过二十几天,阴历元旦后,我就整整过了一个花甲子,再加两个"十二支"。我充当这本集子的作者,可以说完全合格，而且证据确凿，经得起审查。接电话时，"灵机"一动，对自己做一个概括：我的确有兔子那样的善良，但我不像兔子那样懦弱。觉得把这个意思铺陈为一篇"千字文"不难，当下就痛快地接受了这个约稿。

时间过得真快。今天离期限不到一周了。这些天脑子和时间一直都被别的事情占满了。这篇短文始终没有动笔。不过倒没有忘记自己的承诺。前天清早，在枕头上忽然想起一件事：大概是80年代初，我出差到成都，住在离动物园很近的一个宾馆。有一天清早醒来，想去看看动物园的老虎、狮子的喂食。就步行到那里，买了门票进去了。进去后没有见到老虎、狮子，却见到了金钱豹，我走到笼前，饲养员正好拿着一只活兔扔到笼子里。那兔见到豹子，就完全瘫在地上，睁着两只惊恐绝望的大眼睛，瑟瑟发抖。而那只豹却不忙着吃它，用嘴叼着它，扔来扔去，戏耍好一阵，然后才慢慢地用餐。目击兔子的可怜相和豹子的残忍，我心想豹兔各有它们的本性，可是人毕竟同这些兽类不一样。中国历史上和现实生活中，有无数壮烈的行动。

这种壮烈的行动不止发生在刑场上，就是在意识形态领域中，也可以见到。古今中外都有这样的事例和人物，让人敬仰不已。

我这个人像兔子那样善良。这一本性来自儿时的家庭教育和儿童读物。那时的《小朋友》《儿童世界》中的兔儿都是很善良可爱的。它的敌人大灰狼是凶恶残忍的。我至今并不认为我的这个本性有什么不好。但是多少个12年过去了之后，世事见得多了，懂得人并不全是善良的。世上人面兽心的人不少。把善良的兔子耍弄一番然后慢慢把它吃掉，这样的行为也并非个别。

我想大家会同意这样的说法：善良如果不是和勇敢结合在一起就一无可取。说也惭愧，获得这样的大彻大悟，对我来说并不容易。

（《新民晚报》1999年2月17日）

兔子的感觉

吴福辉

我这只1939年的兔子经常忘记自己是兔子。小时候大人是不断提醒我的。比如很长时间我一直以为男人如我父亲者都属虎，与我一道玩耍的小朋友一定都属兔。"孤岛"期间住上海，亲戚邻里小孩中有好几只兔子，到冬天我穿过一件绿色连体的兔子形绒衣，在他们中间很是出了点风头。到了元宵之夜上街观灯，父亲给我买的，或在路上见到最多的，是一种兔子灯：

细竹架子编就，一身卷曲纸条作成的毛，雪白温顺，底下安四个轴辘（轮子），可以牵着走。满街只有兔子灯是牵了走的。地不会那么平整，牵的孩子不会那么规矩，插在兔子肚里的蜡烛一倒，兔子灯就烧着了。满街也只有兔子灯老是燎着，烧红了一条街叫人高兴。

以后在北方城市里过卯年，兔子的感觉越来越淡。1951年、1963年、1975年，逐年淡下去，以至于没有。1987年有了点感觉是因春节晚会热闹，那是这种晚会的黄金年代，属相是题中应有之义。那年我发兴买了一叠兔年明信片，预备老了可以分给儿孙，最近搬家不知压到什么地方去了。我希望它能保值。

人的一生有各种总结方法。如果用"兔子纪年法"，我这一个甲子的生活就像吃甘蔗两头有点甜，60年里两头想起自己是只兔子，其余时间都是傻啦巴唧干活。

我的家族在属相上可有些奇特。因为有关隐私，不说也罢。关于兔子的谱系可以说一点，就是我属兔，我唯一的弟弟属兔，我的女儿属兔，到了我的女儿生儿，生下的也是兔子。我觉得天道循环，生生不息，冥冥中没有话说。

到了我赶个晚班车40虚岁读研究生,同期学友中居然有4只兔子。很有幸,"五四"时期的北大文科教员群中曾出过两个老兔子和3个小兔子,即己卯年(今年又是己卯)生的陈独秀、朱希祖,辛卯年生的胡适、刘半农、刘文典5位。而当时的文科教员预备室先于这些赫赫名人,竟就叫"卯字号"!这可见《知堂回想录》。我们是在读书期间才看到这本书的,虽不敢乱攀附,但想到身列中文系能借前辈的余荫,自然暗暗兴奋过一阵子。年纪比我们小5岁以外的同学当年戏称我们为"四大长者",这"长者"的名单今趁机录下:张全宇分配在文化部,研究《红楼梦》有年,却是早早圆了梦;钱理群留在北京大学,张中在南京师范大学,都是名教授;我在中国现代文学馆任职,差强人意而已。

(《新民晚报》1999年2月18日)

兔年忆旧

赵金九

我的第五个兔年春节已经到来了。回想起来,在我已经度过的4个兔年春节之中,给我留下的记忆最深,也最让我怀恋的,是我在故乡度过的第二个兔年的春节。

我的故乡在河南宛西的农村,那是真正的穷乡僻壤。中华人民共和国成立前姑且不说,就是中华人民共和国成立后,在相当长的时期里,人们依然过着衣不暖身、食不果腹的日子。但是，人们对于过春节，历来都看得很重，而且十分讲究。一进入腊月，村子里的好事者就自发地组织起踩高跷、玩旱船的队伍，白天晚上在村里排练，还暗暗和别的村子较劲儿。过了腊月二十三，整个村子进入倒计时。大人孩子们几乎是天天上街赶集，备置年货。本来就填不饱的肚子，这时候宁可春天再多挨几天饿，也要想尽办法打点些能换钱的东西，到街上去卖。换了钱，好买敬神祭鬼的香、黄表纸、火纸和鞭炮。这使原本破败荒落的乡村，竟然一反常态地喧闹起来。

我的第二个兔年春节，就是在这种喧闹的氛围里迎来的。大年初一的早上，我爹早早把我拽了起来。他先在屋里生了一堆火，火上坐一把旧锡壶，壶里筛着黄酒，又烧了半锅热水叫我洗脸洗手。洗脸好洗，洗手就费劲儿了。整个冬天我几乎没洗过手，黑灰结了厚厚一层。我怎么搓也搓不干净。我爹看着着急，攥着我的手帮我使劲儿地搓，差点儿搓掉一层皮。然后，我爹点着红蜡，插在神台上，恭恭敬敬把醋拌莲菜、油炸果子摆在神台前。接着烧香、焚黄表纸，拉我和他一块儿跪下去磕头。磕头时他嘴里还祈祷着吉祥、平安的话。但他没有祈祷发财。他可能对发财已经失去了希望与信心。蜡和香一烧起来，屋里就充溢着节日的温馨。我俩磕完头，我爹让我跟他到厨房看他做豆腐炒酒。豆腐炒酒是我们这一带农村特有的风味吃食，一年里也只有大年初一早上做这么一回。它是把黄酒筛好倒在锅里烧开，再把炒好的豆腐和摊好的鸡蛋一并倒进酒里，既当酒喝又当饭吃，味道稍酸，略带苦咸。酒是用专门煮酒的小米酿的。我爹是做豆腐炒酒的好手，他筛的酒不薄不酽，他炒的豆腐焦黄而不煳。所以，他做的豆腐炒酒味道醇正。往年，都是他做好豆腐炒酒以后，才叫我妈和我们起来。今年，他却让我站在一旁看着他做。我明白，我已经12岁了。在他看来我已不是孩子，他要让我跟他见习这一切。因为总有一天我要接替他成为这个家庭的主事者。所以，我见习得也很认真。我看我爹怎样点燃蜡烛，蜡烛才不会流泪；我看我爹怎样炒豆腐，豆腐才不会炒煳。

豆腐炒酒做好，我妈和我妹妹也都起来了。我爹盛一碗豆腐炒酒递到我手里，说："去，给东院你大爷拜年去！"于是，妹妹提着灯笼，我端着碗跟在妹妹后边儿出去了。整整一个早晨，我和妹妹一趟又一趟，几乎把左邻右舍、前院后院、远远近近的长辈们都拜了个遍，就连平日跟我们家闹过纠纷、心存积怨的人家的长辈也都拜了个遍。都端过豆腐炒酒、拜过年之后，我们全家才坐下来吃年饭。年饭是饺子。就是这一回过年，我突然发现，即使平日积怨甚深的人家，只要我端着豆腐炒酒去给人家拜个年，人家的孩子马上就也端着豆腐炒酒，来给我爹我妈拜年了。这一来一往，两家的积怨便立刻冰释，第二天，我们两家就又跟从前一样，和好如初了。

也就是这年过春节，我突然明白了一个道理：有时候，大人们心里想做而脸面上又做不出来的事，孩子们轻而易举地就做成了。因此，我觉得孩子有时比大人勇敢、伟大得多。

后来，我负笈他乡，远离故土，在大城市一住几十年。这些年来,每到春节我就怀念我在乡下度过的那些春节。因为在大城市里,春节这个文化蕴含十分丰厚的节日,已经被剥落得差不多只剩一个"吃"了。我能不怀恋故乡的春节吗?然而,我焉知故乡现在的春节是否还有人做豆腐炒酒?

(《新民晚报》1999 年 2 月 20 日)

北大校园里的"兔子"

钱理群

做学生的最大乐事,无过于同寝室的同学晚上熄灯以后,躺在床上,议论老师们的种种逸闻趣事。于是,校园里就有了许多"故事",有些甚至是代代相传的。

北大校园里,流传最广的是几只"兔子"的故事。周作人在《知堂回想录》里,谈到了"五四"前后的"两个老兔子和三个小兔子"。据他说,当时文科教授中"陈独秀与朱希祖是己卯年(1879)年生的,又有3人则是辛卯年（1891）生，那是胡适之、刘半农和刘文典，在1918年才只二十七岁"。周作人有一个重要的遗漏，当时的北大校长蔡元培是丁卯年十二月十七日（1868年1月11日）出生，也是一只老兔子。这几只兔子，除专攻古典文学的朱希祖、刘文典，专业之外的人知之不多外，其余几位都是"五四"新文化运动的主将与骨干，在某种意义上可以说，新文化运动就是被这几只兔子闹腾起来的。今年正好是"五四"80周年，讲讲他们的故事，是格外有趣的吧。

兔子是聪明、漂亮、爱美的，于是就有了刘半农的风流倜傥。周作人说他"状貌英特，头大，眼有芒角"，且多才多艺，"专治语音学，多所发明。又爱好文学美术，以余力照相，写字，作诗文，皆精妙"。他还爱打扮，第一次与周作人见面时，就脚着灰蓝细花缎帮鞋，"独存上海少年滑头气"。鲁迅回忆说，他初来北京当教授，却"没有消失掉从上海带来的才子必有'红袖添香夜读书'的艳福的思想，好容易才给我们骂掉了"。但他仍然留下了缠绵的情诗《教我如何不想她》，经赵元任谱曲，至今还在为少男少女们所传唱。

兔子是温和的，但逼急了，或也有发威的时候。后来也是北大校长的蒋梦麟就曾为蔡校长写了这样"一笔简照"："先生日常性情温和，如冬日之可爱，无疾言厉色"，"但一遇大事，则奇气力见"。于是有了这样的传闻，某年，"学生因为不肯交讲义费，聚了几百人，要求免费，气势汹汹。秩序大乱。先生在红楼门口挥拳作势，怒目大声说：'我给你们决斗！'包围先生的学生纷纷后退"。有人因此说先生"是真虎乃有风"。这样的兔中的虎风是别有魅力的。

兔子当然是骄傲的。刘文典当年在北大即以好出"狂言"而著称，后来到了西南联大，也旧习不改，并且因为自己讲庄子而特别瞧不起新文学作者与研究者。据说有一次跑警报，大概是沈从文先生在急着向某个方向走。他看见了，就正言厉色地说："你跑做什么？我跑，因为我炸死了，就不再有人讲庄子了。"面对这样的"怒斥"，沈先生也只有苦笑而已。

"五四"那几代兔子的故事是讲不完的。后来呢，到了我们这些晚生的校园里的兔子,还有当年的风流与狂傲,还有拍案而起的威风了吗?没有了,也不敢了。当然,近20年,也正在发生变化,但精神的元气的真正恢复也还需要时间。

于是,到了我的本命年,仍然讲不出自己的故事,只能"话当年"。

(《新民晚报》1999年2月21日)

不要学那只中途松劲偷懒的兔子

徐中玉

我最早只知我是属兔,那是从母亲老这样向别人介绍我时听到的,那时我一定还未曾有岁数的观念。岁数对我相当复杂,因每年都会变。而属兔,一只小白兔,则现已进入85岁了,从没变过,也不会再变了。变的不过是岁数,兔还是兔。

很长时间我只知道自己的生日是阴历正月初二。阴历后来或称旧历、农历,我自己还是每称阴历,江阴家乡话至今仍多称阴历。传说如果是阴历大年初一出生的，长大后会当"叫化子"。后来也听到了这种传说，多少感到侥幸，没当"叫化子"。曾想到或可由我自己来试试，是否离当"叫化子"亦不远。自然这很荒诞。至今我没有请人或让人给我算过命。即使相信也难，因连自己的生辰八字也说不准。母亲告诉是晚饭后生我的，家里当时还没有钟，哪能说准什么时辰。

初中毕业以前每次填写出生日期我都写的阴历正月初二。因家里连大人也只知这个日期，那时一般都只记阴历。学校里也不要求一定填阳历，听由填阴历。可能迟到高中毕业，或进入大学时，有人告诉可查"万年历"换算，才知道那天阳历是1915年的2月15日。今年的2月15日却是阴历去年的大除夕，兔年开始前的最后一天。生活过84年，重逢兔年的正月初二，阳历延后了两天，我就说不清其中学问了。从初中起我就偏爱文史地，而远数理化，是否同什么天性、基因有关，这太深奥，管不了，也没法管，只得由它去。

因为属兔，可能因此对兔有些好感。觉得小白兔很好玩，干净、有趣。家乡过去没有吃兔的习惯，觉得兔原不该吃，吃兔太残酷。三年困难时期，兔肉渐成重要的补充食物，我总是吃不下去。没有饿自然还是主要原因。农民最同情耕牛，母亲一生不吃牛肉，闻到牛肉气味就远远走开。现在好像一般都很少吃兔肉了，是否只因并非怎样味美？原因不清楚，但心里是有点欣慰的。

上次兔年参加一个茶话会，陈列出一只青瓷兔，说要赠给在座生日最先的。让各人自动报名。先后有近10位自报，我想我是正月初二应够先了，但不能排除有初一的。且听听别人。直到后来，冯英子同志报了比我略后一些的正月某日（已记不清他说的日期），他站起来喜悦地宣称，这只瓷兔应是他的囊中物了。这时我才提出，还有我正月初二生的在，说不定在座的还有正月初一生的在哩。

结果，在座的并没有传说要当"叫化子"的人，我有幸得到了这只青青的瓷兔，至今仍还保存在书橱里。

12年又已过去。这只瓷兔仍生气常在。龟兔赛跑寓言中所说的那只兔子之所以会赛不过那只不擅快跑的乌龟，就因它中途松劲偷懒了，这对所有属兔的我们都有鼓劲意义。我也不愿学那只中途松劲偷懒的兔子。

(《新民晚报》1999年2月23日)

我和儿子的艺术之路

俞丽拿

时间过得真快,其实每个人都是和自己赛跑的人,而属龙的我转眼就要开始跑第五圈了,想想真有些不可思议。回看这几年,自己却也真是在一条自己喜爱的道路上不停地跑啊跑。好像眼看着要过年了,我却又得到澳大利亚、加拿大去演出。有时停下来想想,你怎么会走上这条路的,就觉得也许冥冥中真有一种叫"缘"的东西吧。

小时候，我家是个大家庭，住在楼下的婶婶是国立音专钢琴系毕业的。我常听着从她房里传出的肖邦的钢琴曲出神。后来，我便向她学琴。学了新的曲子，晚上就到住在楼上的姑妈家去练习。那时我也没有想过将来要做什么，只是很单纯地喜欢敲击琴键流淌出的声音。1951年，贺绿汀先生主持的中央音乐学院华东分院要招收少年班，表姐决定去报考。表姐的琴学得比我深，家里人都觉得她很有希望，但没想到的是最后录取的却是我这个陪姐姐去考的妹妹。进学院后的第一个半年大家一起学钢琴，学期考试那天，有一个老师一直坐在考场的门口。每一个弹完琴的同学从他面前经过时，他都让那个孩子伸出手去给他看。第二个学期开学的时候，墙上有一张名单。原来那个老师的一眼就决定了我们以后的路。就这样，我开始学习小提琴。现在想起来，这一开始并不是我自己的选择，却又是我一生绝不后悔的选择。

我这辈子的第二圈便在求学、探索、成名中度过了。站在第三圈的起跑线上时，正是1964年。而就在1965

年初，龙年快要过去的时候，我的儿子出生了。在这条小龙最初成长的岁月里，望子成龙的愿望显得有些渺茫。那时，我自己都不知道将来还能不能拉琴，又能对儿子有什么期望呢？但我还是自己教他拉琴，请我的同事教他钢琴，我把他的时间都定在家里的初衷很简单，不想他到外面去学坏，希望他将来与搞音乐的父母能有些共同语言。但后来我觉得他在音乐方面确实有一些天赋。上小学后，读书渐渐忙起来，我让他在两样乐器中选定一样，他不假思索地说："钢琴！"两年后，儿子告诉我说："那时我想，拉琴是站着的，弹钢琴却是坐着的，所以我就选了个坐着的。"在他读小学的时候，原来的音乐学院附中被改名为"五七音训班"，于是，我就带他去考。那时，连这么小的孩子都要被"查三代"，于是，儿子最后就被刷下来了。我正担心这件事会伤害孩子的心灵时，他被到学校挑苗子的水球队相中了。于是我就让他先去学了游泳，尽管我并不赞成他将来搞体育。儿子小时候流行的是自己装配个半导体、无线电什么的，不像现在的孩子有这样那样的玩意儿。那次，他的手被电烙铁烫伤了。那时的游泳池也不像现在条件这么好，这么干净。一不注意，就感染了。几天儿子都高烧不退，一诊断，得的是急性败血症，接着就发了病危通知。那是1976年的1月，我整天整夜地守在儿子身边。幸好这个坎儿终于过去了。出院那天回到家，我没有想到儿子做的第一件事就是打开琴盖，弹了一支曲子。那一刻，我一下子觉得儿子仿佛开始了一个音乐生命的复生。而作为一个母亲，我发现儿子一下子长大了。不久，"文革"就结束了，儿子考插班终于进了音乐学院附中。就这样，他正式走上了专业学习的道路，而且在16岁那年就获得了国际比赛的大奖。

就这样，当我开始第四圈的"长跑"时，儿子加入了我的音乐旅程。这些年，儿子无论是琴艺还是为人都成熟了，我真是为他骄傲。今年是我和他的本命年，我就把这篇文章写给远在费城工作的儿子李坚，愿我们的这一圈能跑得更充实、精彩。

（《新民晚报》2000年2月6日）

春天的故事

丁法章

我出生于1940年,今年适逢第六个本命年。回首以往,我的前五个本命年,无不打上鲜明的时代烙印,有着不同的人生经历:第一、第二个本命年,基本上是我的孩提和求学时期,这里既有苦难的童年岁月,又有充满求知渴望和未来憧憬的读书生涯。第三个本命年,近乎是在"十年浩劫"中度过的,其间有着数不清"剪不断,理还乱"的辛酸往事。第四个本命年是我人生的一大转折，通过深入揭批"四人帮"，特别是党的十一届三中全会，把全国人民带入了一个全新的社会，我也从一位普通的大学教师成长为一家新闻单位的负责人。1988年2月，我跨入第五个本命年不久，组织上决定让我出任《新民晚报》党政一把手，此后的10余年，是我人生道路上的重要一站，兴许是我此辈子最难忘、最有意义的一段美好时光。因为在这春风浩荡、改革创新的年代里，我和晚报的全体同人和着时代的节拍，迈着坚实的步伐，创造了一个又一个春天的故事：

为了适应社会主义市场经济的发展和满足广大读者的信息需求，《新民晚报》先后于1992年、1996年、1998年成功地实行了三次扩版，版面分别由4开8版扩为16版、24版、32版，并创下了185万份的日发行量，长期位于全国报界第二、晚报之首；为了实行报刊的系列化，从1995年起，报社从原一报一刊的规模，拓展为四报三刊的新格局；为了更好地让世界了解中国、了解上海，报纸从1994年11月起走出国门，通过卫星传版，在美国同步印刷发行，1996年11月起又设立了驻美记者站，正式推出了《新民晚报·美国版》；为了向集团化目标努力，90年代中期以后，报社大力发展报业经济，使广告营收、事业规模、人均创利一直列于全国报界的榜首；1998年7月，晚报与《文汇报》联合组建了全国最大的报业集团，迈入了新的发展阶段。在此期间，我个人也取得了一定的进步：三篇业务论文，在全国评选中分获一等奖；两本新闻专著共70余万字，先后出版，还有一本专著经修订后重版。

对于我们报社取得的这一些成绩，党和国家领导人给予了热情的勉励。1997年11月3日，江泽民主席在圆满结束访美之际，于洛杉矶亲切接见了我和本报驻美机构人员，使我们深受鼓舞。

当然，我十分清楚地知道：上述成绩和荣誉的获得，绝非个人有什么特别的能耐，这完全取决于天时、地利、人和等条件。如果不是我们遇上了改革开放的好年景，以江泽民同志为核心的党中央高举邓小平理论伟大旗帜，一切以经济建设为中心，大力发展社会主义市场经济，1992年春天小平同志的南方谈话更给我们送来了及时雨，如果不是党中央作出了开发开放浦东的重大决策，把上海作为国际经济、金融、贸易三个中心之一，给上海经济包括报业提供了得天独厚的发展空间，如果没有从本市到中央主管部门各级领导的热情关怀和大力支持，如果没有晚报全体同人的众志成城、协力奋斗，任凭我有三头六臂，也是什么事都做不成、做不好的。

今年我已进入花甲之年，也是可以退休的年龄。在老之将至之时，我要铭记周总理的教诲："活到老，学到老，改造到老。"我决心发扬第五个本命年期间的优良传统，努力做到青春常驻，活力不减，争取在明媚的春光里继续创造春天的故事。

（《新民晚报》2000年2月7日）

我是一条龙

贾植芳

今年是我进入85周岁耄耋之年的第一年。《新民晚报》的朋友约我写篇本命年的文章,盛情难却,那就信笔写点什么吧。

前些年,即80年代以后,是我再一次由"鬼"变成人的时候,一个朋友送了我两块名贵的石头,另一个朋友拿去为我刻成了两个闲章,一曰"洪宪生人",因为我生于1916年,正是袁世凯窃取辛亥革命果实,复辟帝制,改国号为"洪宪"的那一年。二曰"秦坑余民"。这两个名称可以说基本概括了我80多年来曲折多难的人生旅程。

我们这一代人,是在"五四"反封建专制主义精神激励下,成长起来的追求独立人格和个性自由的一代。我生逢中国社会内乱外祸交织、动乱不安的时代,这个时代也是一个中外文化交流、碰撞、融汇的开放性时代。在这样的历史环境里,我们一方面继承了儒家"国家兴亡,匹夫有责"的历史文化传统;另一方面追求着个人的独立人格和自由思想,投入了中国救亡和改造的社会政治运动。从所谓红色30年代起,我就是当时中国主流政治力量——中国共产党领导的革命运动的同路人,虽然我一生从未参加过任何党派,但由于中国的社会经济结构始终是以小农经济为基础,因此辛亥革命虽然推翻了中国最后一个封建专制政权,但封建专制阴魂未散,一直游荡在中国的历史上空,虽历经改朝换代,却换汤不换药,以变形的方式祸害中国,阻止中国进入工业文明社会。俗话说,性格即命运,几乎在每个历史交替时期,我都作为政治犯在监狱里进进出出,前后有四次之多,这就是我那个闲章"秦坑余民"的来由。

1949年秋,我由国民党监狱出来后,流亡青岛,翻译了两本书,一是恩格斯的《住宅问题》,一是英国人奥卜伶写的《晨曦的儿子——尼采传》,从我对翻译对象的选择中,也可以看出我们这代人的思想性格和文化追求。1936年,新月派诗人徐志摩因飞机失事逝世,周作人在《新月》杂志上写了一篇题目为《纪念志摩》的文章,那时周氏兄弟已经失和,周作人在文章中说:"徐志摩是一个真实的,甚至是天真的不失赤子之心的诗人。不像某些人,挑个担子,前面一筐担的是马克思,后面一筐担的是尼采。"他所暗指的某些人就是鲁迅。今天看来,他的贬词实际上是褒词,正反映了他们两人不同的思想性格和文化心态。这也就是在由鲁迅开创的战斗的文化精神影响培育下,我们这一代人的人生道路与文学道路的概括。

(《新民晚报》2000年2月8日)

心平气和又一年

舒 适

转眼,又是我的本命年了,按老人的说法,是有很多讲究的。不过,在我看来,还不是一样地过?从1986年退休到现在,我专心做了两件事。一是每周二和一群老朋友打篮球;二是雷打不动参加"上海国际票房"每周六的活动。

人是需要运动的,但贵在常年不懈。每天起身后,入睡前,都要活动活动身子,活络一下筋骨,疏通一下血脉。

不然，每周一次的球也是打不起来的。澳门回归之前，我们参加了全球华人篮球协会在马来西亚举行的每年一次的比赛。这场赛事在泰国、美国都举行过，前年还曾移师北京，所以，我们这支老年球队也称得上是转战世界了。马来西亚的球事结束后，回上海前，我们顺道去了香港和澳门。一踏上那片土地，顿生一种人世沧桑之感。年轻时，我在香港演戏，那个纸醉金迷的年代，我曾目睹过多少出人间悲剧。那时，也曾去过隔海相望的澳门。印象中，那只是个有些破旧的小城，而那个著名的大赌场却没有进去。这次，一到澳门，一种欣欣向荣的感觉迎面而来。看来，这些年，澳门的建设做得很好，城市整洁而有序，更重要的是人人脸上都有一种喜气洋洋的表情。要回归了嘛！我想，在我这个年纪的人是很能体会这种激动的心情的。在我小时候，大家都是在国耻中过日子，哪里会有堂堂正正做人的感觉。也正是为了寻求这种感觉，我在1952年从香港回到了上海。对我这个耄耋老翁来说，生逢盛世的感觉特别强烈。

至于说到唱戏，那是八九岁就开始了。这戏里的学问可真是一辈子也学不完。我参加的这个票房，说起来还是江泽民总书记、朱镕基总理当年在上海时支持统战部搞起来的。转眼也有十来年了，有人走了，又有人来了，搞得还是挺热闹。

我的作息和别人有些两样，白天人来人往的，我就睡觉；到了夜深人静的时候，那才是属于我的时间。其实也没有什么别的，只是想一个人静静地看几页书，或是看些戏。对我来说，也算是一个老电影人的功课吧。一片寂静中，有时常会想起些过去的事情，想起以前那些球友，那些故人。有一次，看着录像里的老戏，突然就想起几年前为纪念程之的老太爷一百周年，我们几个票友合排了次彩戏，那天，还请了尚长荣、梅葆玖来唱了一折《霸王别姬》，场面好不热闹！而现在，程之也不在了，不禁潸然。

龙年又逢新千年，大概3000年才能轮上一次。过了年，我就八十又五了，这要搁在以前，根本没法儿想。我也算是三生有幸了。

（《新民晚报》2000年2月10日）

后来更好

牧 惠

我曾经不无得意地说过,我是一个挺走运的人:贫困如我家,我竟能读上大学;在武工队时,几次险情擦肩而过;每次运动都脱不了交代检讨,却又都"蒙混过关"……如果信命的话,那么,可能是我的"八字"好,也就说沾了龙的光。

龙是什么?是我们祖先信奉的图腾,传说是有鳞有须能兴云作雨的神异动物,于是皇帝们都争先恐后地说自己是龙种。最近读到一篇文章，说龙其实就是我们祖先对龙卷风的神化。我的外祖母、母亲都很迷信，一直不把我的生日告诉我。我们那一带似乎也不兴讲什么龙年、蛇年，所以，我就那么一直浑浑噩噩地沾着龙的吉祥神气走了过来。知道自己属龙，是调到北京之后同一院子的张大妈给"算"出来的。至于结红腰带过本命年之类，我更是连这类念头都不曾有过。

反之，我算过，在我的本命年中，好事居多。

12岁那年，我考上了中学。那时，为了逃避日本鬼子的轰炸，中学从县城搬到60里外的马鼻村。街坊邻里特别是在学校图书馆工作的吴老师都说，我妈真舍得，任由那么小的孩子到60里外的地方去单独生活同大哥哥抢饭吃。其实我却觉得那是一大解放：首先是学校食住都比家里好，还不用天天听母亲的唉声叹气，不用听某些富亲戚的奚落。

24岁那年，享受供给制待遇的我，因出版了一本小说，突然富得流油（其实也不过200多元），给抗美援朝"鲁迅号"飞机捐了一笔钱，请同志们大吃大喝一餐，给每位抽烟的送一条烟。一直到现在，当年的朋友一说到如何"敲诈"我，都笑得弯下了腰。

48岁那年，"四人帮"完蛋了。把我们嗤之以鼻的"左"先生们愕然得出尽了洋相，军代表只好结束对我的处分，准我请假从干校回北京，并开始分配我们的工作。

60岁那年离休。从此我摆脱了行政事务，专心一意地读书写作，真有点"从心所欲"的味道。

当然，这当中少不了许多众所周知的和众所未知的沟沟坎坎。但是，事情都没有发生在本命年。可见本命年是一道坎儿的说法并不可信。

离休后转眼就是12年。我72岁了。多半同我和老伴都从小穷惯有关，我们对目前的物质生活条件从来没有什么怨气，也没闲心去同某些人攀比。要说有什么牵挂，有什么期望，我只是希望，在21世纪，作为国家主人的工人、农民生活要过得更好，更好，再更好。

我有两位叔叔都是矿工。他们都退休得早，其中一位去世了。去年，从家乡来了3位退休矿工（其中还有一位副矿长)。他们是来反映情况的。因为矿上欠了他们的退休金。我希望他们反映的问题能顺利解决,有个好结果。

我有两个母亲。生我的母亲去世了,她的晚年应当说是还可以的。还有一个是打游击时认的契娘,她也去世了。1977年一别30年去探望她之后,我对她一直有着负疚感。去年8月到广东鹤山参加粤中纵队成立50周年纪念会,我同当年武工队的一批战友特地去契娘墓前给她扫墓。她孙子告诉我,他家养了一大塘桂花鱼,现在日子好多了。可惜的是,契娘没有等到这一天。我希望,下一次再去古合江,将会得知他们过得更好。我更希望其余的农民,我接触过的、未接触过的农民,都过得一年比一年好。

(《新民晚报》2000年2月10日)

人生的驿站

陈燮君

我们已实实在在地跨入了世纪之交的农历庚辰年——龙年的门槛。龙年,是我的本命年。庚辰龙年,全息地留存了我生命之旅中的48个春秋,亮出了人生周期性驿站的第五站。

回溯自己已匆匆而过的人生周期性驿站,检点首尾相连的各个生命时段,连接承载岁月的生命演进曲线,竟然与文化结下了不解之缘。1952年,我悠然踏入社会。

在我家，兄弟姊妹6人，家境不算富裕，但父母注重文化。为了买一本书，父亲可以跑遍半个上海。为了对付日益增加的书籍，母亲让出了仅有的衣柜。日后，"书满为患"，母亲毅然让出床边的一溜空间。在一篇《母爱》的散文中，我曾深情地记录了母亲这一感人的文化关怀。以至于在步入人生第五个驿站的今天，居室空间有限，对文化的情愫无限，也如法做来，把无法安置的丈二匹宣纸请到了床上……

1964年，为第二个龙年驿站。那年开始中学生活，在课余有了刻苦训练，参加市级团体比赛，曾摘取桂冠。当然，当时对书法绘画和文学情有独钟。在文化课中，最喜爱语文课，在那片青青绿地中懂得了"谁是最可爱的人"，深层理解了"落花生"，上语文课的周伊琴老师对自己有特殊的吸引力。班主任老师宫鸿生的板书写得特别好，他上的是生物课，但面对劲健的板书，同学们都学了起来，美其名曰"做课堂笔记"。35年以后，当我举办个人画展时，没有忘记请来这两位老师，是他们对我进行的文化启蒙。

1976年，为第三个龙年驿站。大地复苏，百业待兴。在金哲同志的帮助下，我已经学完了哲学研究生的基本课程，并合作完成了第一本著作。1988年，为第四个龙年驿站，已是我进入上海社会科学院从事理论研究的第十个年头。其时担任院长助理，虽然行政事务繁忙，仍不忘在编织理论思维的过程中磨砺理论素质，在凝聚理论智慧的实践中完善理论结构。那时没有周末和假日，沉浸在阅读大量经典的欢愉之中。从康德的"二律背反说"所包含的辩证法因素，对认识的能动性的发挥，对德国古典哲学发展的重大影响，为马克思主义哲学的产生提供的理论准备，到黑格尔对于德国古典哲学之集大成，从费尔巴哈批判宗教和黑格尔唯心主义哲学，在唯心主义长期统治的德国恢复唯物主义的地位，到马克思主义哲学批判地继承了黑格尔辩证法的"合理内核"和费尔巴哈唯物主义的"基本内核"，创立了辩证唯物主义和历史唯物主义……在这个大都市的理论支点吸取了大量的理论养分。当时，在当代新学科理论研究、时间学、空间学和科学方法论的探索中，已出版一系列著作，对于学科王国的整体性求索也已取得阶段性成果。

眼下已是第五个龙年驿站。5年前，从上海社会科学院调往跨世纪的文化工程——上海图书馆新馆工作，参加了新馆建设和开馆后的管理工作，在那里遨游于浩瀚的古今文献之间，无疑是盛大的文化巡礼，在与同事们以及广大读者一起完成承载历史重荷的文化典仪之时，深深感受到了生命的组接、社会的演进、历史的延伸和文明的吞吐。一年前，又被调入上海博物馆工作。同样是新馆，同样是人类文明的荟萃地。有幸求教于名驰四海的文博老专家，有缘直面人类几千年的文化积淀，有心探索上海百年文博事业发展史，有望发扬团队精神，继承和拓展文博事业的新的发展空间。

通览走过的人生周期性驿站，值得欣喜的是：追求文化而来，直奔文化而去。

（《新民晚报》2000年2月13日）

蛇年与蛇共舞

邓 贤

我是蛇年生人,而且是阴历五月初五,端午节。我外婆迷信,说端午节的蛇命不好,喝了雄黄酒要现原形的。

蛇年将至,我抓紧龙年尾巴再次悄悄走进金三角。

金三角,那是我梦中的世界!虽然我已经写完《流浪金三角》并且反响不错,但是这种小小的成功丝毫不能令我释怀,相反我的内心如同以石击水,更多更加迫不及待的向往和期待令我耿耿难眠，仿佛我的命运、我的生命已经与那个有着无穷无尽热带雨林覆盖的凶险莫测的世界纠结在一起。事实上金三角是一片浩瀚无垠、波涛汹涌的大海，任何外来者只需窥其一点表面便足以被震慑，我渴望自己像一个职业潜海者那样深深地潜入冰冷漆黑的海底，那里才是真正的秘密所在——当然我也许永远无法到达海底，只不过从海面下潜几十米而已。

我开始认识一些被称为"蛇人"的人群。这些蛇人当然不是真正的人头蛇身，也不是捕蛇者蛇贩子，而是他们的行为习惯与蛇类似——他们常年潜行在蜿蜒曲折阴暗潮湿的森林小道中，昼伏夜行，避开一切人类，这是他们生活的主要部分，因为他们是海洛因贩运者。

我认识一个年轻的蛇人阿金。阿金是汉人后代，汉话说不好，却能说好几种流利的山寨语，人黑黑憨憨的，见面一笑，一点也不野，不匪气，甚至能让人感到他内心是善良的、纯朴的。他在家里是好丈夫、好父亲（半年前他刚刚有个男孩），在村子里是有口皆碑的勤劳老实的好村民、好邻居，从不跟人撒野，蛮横无理，可是他确确实实是个蛇人，一个以贩运海洛因为生的贩毒者！

贩运不是贩卖，这是两个概念，贩卖是老板的事，贩运者是苦力，相当于打工仔。可是这是什么样的打工仔啊！挎着 M-16 冲锋枪，背着弹夹、手雷和毒品，问题是他们常年过着这样在刀刃上的生活，危险和死亡如影随形，不定什么时候就从天而降。

贩运这些……能发大财吗？阿金说了一个数字，噎得我差点背过气去。哪里有什么暴利？分明只是可怜的血汗钱而已！可是他们却像蚂蚁一样，以生命为代价，一点点背出祸害人类的巨大罪恶！而像阿金这样从事贩运海洛因的蛇人，在村子青壮男人中约占一半以上。

在金三角的莽莽群山中，像这样小到在地图上无法找到踪影的普通山寨至少有成百上千个！

我想蛇年我也许还会再到他们的村子里去。这些蛇人，我真诚希望并祈祷，但愿新世纪的阳光有一天照耀在他们身上，使他们过上人类的幸福生活。

2001 年 1 月 17 日

（《新民晚报》2001 年 1 月 24 日）

蛇年纪感

臧克家

我不寻春，春寻我来了。我不是一个白头翁，而是像儿童一样，充满生机，乐在心头，有着歌唱的愿望。我是十二生肖中一条"小龙"，忽然想起顾炎武的一副对联："苍龙日暮还行雨，老树春深更着花。"也想起自己的两个旧句："胜景贪看随日好，余年不计去时多。"春天啊，春天，你来到人间，人间就生机盎然。

节日难免思既往，过去是"年年难过年年过"，看今朝是"年年好过年年好"啊,国泰民安,老幼皆欢。我虽多病,不能与众同乐,看看电视,亦是"后天下之乐而乐"!

我无暮气,有童心,自称"九十六岁不倒翁",活过百岁,再加二十。长寿不是赖活着,而是为了多看看新事物,希望祖国完成统一大业,国更强,民更富,全人类都生活在和平美好的新世纪中。

2001 年 1 月 14 日

(《新民晚报》2001 年 1 月 24 日)

蛇年忆往

彭荆风

三四十年代，我是在章水、贡水交汇处的赣江源头度过青少年时代的。那里温暖、潮湿，也是蛇类栖息的好地方。人们熟悉蛇，对蛇的描述也就很多。酷热夏夜在场院里纳凉时，蒲扇轻摇中，话题常与蛇有关。使年岁小的我，了解了蛇的冬眠、蜕皮、善于捕食老鼠，看来凶恶却怕人，更不主动攻击人等习性。但最使我感兴趣的是9岁那年，姑母讲的一个农民在山上见着一条大蟒蛇在草丛中蠕动,他一锄头砍过去,尾部受伤的大蛇窜走了。第二年的一个夏夜,这人从屋外回来,刚掀开蚊帐,一条尾部秃了的大蛇昂首纵身向它扑过来……

这蛇养好伤来报仇了。

这故事吓得我那些也是年岁还小的姐姐妹妹尖声大叫,夜深了也不敢回屋里去,更怕掀动蚊帐。我却听得很高兴,这条大蛇怎么这样有灵性?情不自禁地说:"活该!哪个叫他去砍那条蛇!"

姑母诧异地望着我:"你怎么会这样想?不好,不好。你真是条小蛇!"

在她看来,人可以打蛇,蛇却不能回击,蛇是不能与人比较的,人生更要息事宁人。她虽然还不懂得"性格即是命运"这格言,却担忧地对我母亲说:"他小小年岁,怎么那样想?这种个性长大了会吃亏!"

母亲则更忧郁地说:"他可是属蛇呀!"

我却不信,生肖是蛇,个性和命运就会像蛇?我不过从当过文科教授的父亲给我的一些启蒙书籍中,朦胧地感觉"强必执弱"的不对。那个手里有着锄头的人，为什么要主动启衅，攻击那条并没有惹他的蛇？

1950年春随军进入云南后，常在亚热带南方边地行走，见的蛇更多了，确实是你不惹它，它也不会攻击你，也就从来没有被蛇咬过。看见一些山民缺乏环保意识，以追捕巨蛇猛兽为乐事，我既无力阻止，也只能喟然叹息。对民间传统和寓言，把蛇写成狠毒的美女蛇，把亚当、夏娃偷吃禁果也怪罪于蛇，我更觉得，蛇这与人世无争的动物，所受的委屈太多了，它既无言也就难以辩解。蒲松龄在《聊斋志异》的《蛇人》中，写那名为"二青""小青"的两条蛇，对喂养过它们、以弄蛇为业的人那样有感情，许多年后，被放生的"二青"已成了庞然大物，在山上遇见弄蛇人时，仍然如昔日一样亲切地缠绕他，临别时，弄蛇人叮嘱它们："深山不乏食饮，勿扰行人，以犯天谴。"二蛇垂头，似相领受……

虽然这也是类似寓言之作，但却可见这伟大作家博爱的心怀，也算是为常蒙不白之冤的蛇类，涂抹了一点亮色吧!

我这大半年,勤恳、老实地工作、写作,不敢稍有怠懈,更不敢咬人、缠人,历次政治运动,即使遭受抽打,仍然反躬自省地忍着,但那些"拿锄头的人"却是疯狂地对我的"头""尾"砍了又砍。而砍得最厉害、下手最重的却多数是那些与我相交较长,有的还是我曾真诚援助过的人。看到蒲松龄在《蛇人》结尾写道:"蛇,蠢然一物耳,乃恋恋有故人之意。且其从谏也如转圜。独怪俨然而人也者,以十年把臂之交,数世蒙恩之主,辄思下井复投石焉;又不然,则药石相投,悍然不顾,且怒而仇焉者,亦羞此蛇也已。"这人不如蛇之叹,当然也是有感而发。

"四人帮"垮台前夕,我从监狱出来并从"蛇身"恢复人身,那些曾是朋友的打手却若无其事地又想相处如常,似乎运动过去了,我们仍然可共事,再做朋友,我却想起了那位生肖也属蛇的鲁迅先生的名言:"损着别人的牙眼,却反对报复,主张宽容的人,万勿和他接近。"我毅然与他们断绝了往来。这不是蛇性,是从多年悲惨经历中得出的小心。

当善良的人被看作"恶蛇"来折磨，这已不是个人的不幸，而是时代的大悲剧。缺乏法治才会人妖颠倒。在山野中与世无争的蛇被追打，是当时没有环境保护的法律。回顾20世纪那阴暗一面，不禁令人不寒而栗。如今，新的21世纪来到，我国法制日益健全，山林水泽的蛇也有法保护，人的尊严和自由更是有法律保障，无论人与蛇也都将是安全、幸福的！我是很开心进入这21世纪的第一个蛇年的！

2001年1月20日于昆明

（《新民晚报》2001年1月26日）

蛇年回眸

朱大建

现在的日子真是过得飞快,龙年的春节仿佛还在眼前,一眨眼睛已经到了蛇年春节,忙忙碌碌琐琐碎碎又过去了一年,时间过得简直如光速一般,想留都留不住,想想还真有些伤感呢。曾有一位老者以过来人的口吻告诉我,人生中日子最好过、感觉过得最快的就是40岁到50岁这一段,还没什么感觉,人生中最美好最应该有收获的10年"哗"地一下就过去了。

今年蛇年来临的时候,我48岁,想起这位老者的话,真是感慨良多。是啊,像我这样的中年人,上有老,下有小,自己又正值壮年,需要操心的事情自然很多很多,时间自然就不够用了。不过,在写这篇文章时,我也想起了我和一位年轻朋友之间的相互调侃。我说他是早上10点钟的太阳,他说我是下午两点钟的太阳。我说早上10点钟的太阳充满希望,他说下午两点钟的太阳最温暖。尽管这段话有点像青年人和中年人之间的相互吹捧,但这位年轻朋友"下午两点钟的太阳最温暖"这句话还是让我心里动了一下,但愿我能像太阳在下午两点钟那样,发出人生中最温暖的光和热来。

蛇年回眸人生,我觉得有两件事让我欣慰。

第一件事,是我如愿地在从事我自己喜欢的新闻工作。我在少年时就向往当一个新闻记者,读万卷书,行万里路,下笔千言,倚马可待,多么令人神往。斯诺、邹韬奋、范长江一直是我心中的楷模。17岁我当知青,在江西鄱阳湖边的农场里,白天干了一天农活,晚上点着煤油灯在蚊帐里读书,真是如饥似渴,找到什么读什么。1972年，鲁迅的书已经被允许出版，这又无意中成全了我，让我读了很多鲁迅的书，为我后来做新闻工作打下一个较好的基础。尽管做新闻辛苦，但因为是自己喜欢的工作，倒也能以苦为乐，"每天画蛋，乐此不疲"，至今仍充满兴趣。

第二件让我欣慰的事，是从小到大，父亲一直对我要求很严格，有时严厉得近乎苛刻。小时候我曾为此满腹怨气，埋怨父亲不近人情；青年时期我也对父亲传统的教育子女方法不以为然，认为过于严格，束缚了孩子天性的自然发展。所以当我自己做了父亲后，就以"宽松、宽容、宽厚"这"三宽"来教育儿子，希望他的天性能自由发展而不被束缚，但妻子却不太赞成我对儿子的放任，时而讥刺我为"慈父"，时而指责我"你太宠他了"。直到最近，我才忽然顿悟，觉得自己尽管智术疏浅，但在性格上却没什么坏毛病，不缺责任心，也不缺爱心，能容忍和宽待别人，这正是父亲严格要求我的结果啊。所以，我现在也开始对身高已超过我的儿子严格了一点，我希望他至少在性格上不要有自私、以自我为中心这类坏毛病。

蛇年回眸,以上两件事让我欣慰,至于让我遗憾的事,那就太多了,不说也罢。那么,就让我在今后的岁月中自警自励。

(《新民晚报》2001年1月27日)

和平年代

陈保平

我生肖是龙,因为出生那年,正好世界和平大会召开,父母取了"保平"这个很概念化的名字。不久前,有位朋友打电话来,说在网上看到一个同名同姓的人在北京"艺术论坛"上的发言,问那是不是我。我说是有一个发言,但不知怎么他们弄到网上去的。于是,我上网搜寻,竟然一下跳出好几个同名同姓的人:某地师范学院的院长、电视剧作家、发明新产品的科研人员等,我想,同名同姓的都有这么多，那同名不同姓的人还不知有多少。印象中，我的同龄人中，取名"和平"或单名一个"平"字的更是成千上万，这与其怪父母一代用词的平泛、思维的简单，不如说他们经过连年战乱，对和平、安宁有一种本能的向往。

50年代后出生的这代人总的来说还算幸运，毕竟生活在和平年代，童年虽然也有生活窘迫的记忆，比如吃过卷心菜的皮、豆腐渣，一个苹果切开全家分，但到底没有听过飞机警报声，没有逃过难，没有被抓过壮丁，没有遭受过战争毁灭性打击，即使像"文革"这样的劫难，家里被抄过几遍，小将们还为你留下了必要的生活用品。不像我的一位老师，只比我大八九岁，童年却常常是在惊恐中度过的，日本人飞机一次轰炸，全家夷为平地，结果父亲在一片瓦砾中只找到一只量米的斗，这成了他们和平年代的吉祥物。

这样说，并不是要抹去和平年代的伤痛。生于和平时，忧于和平时，没有战争有时也会留下千疮百孔的创伤，许多人都有过托尔斯泰笔下的安德烈那样的人生思索，虽然面对的不是横尸遍野的战场。许多人也很想像海明威那样,从心底喊一句:永别了,武器!虽然从未挨过子弹、瞄准过什么目标。经过了那么多年,那么多事,更加知道和平的可贵、和平的来之不易,和平,不只是远离战争。

由于现代科学技术失控而造成的伤害,特别是对自然环境所造成的不可补偿的破坏,使今天的年青一代更深地去思考和平的含义。当年,发现铀裂变的科学家哈恩得知广岛被毁后,立即躲回自己的房间,全身战栗,极度痛苦,同事们都担心他会残害自己。爱因斯坦也一样,听到这个悲剧时痛苦不堪,这使他后来成为和平运动的榜样性人物,爱因斯坦曾经说过:"每一个严肃地追求科学的人都真诚地相信,宇宙的法则中体现着一种精神,这种精神大大地高于人的精神,我们自己微不足道的力量在面对这种精神时必然会感到谦卑。"

人的自高自大,无视生存的环境,已是现代灾祸的因源,时时诵读爱因斯坦的话吧,让和平天长地久。

(《新民晚报》2001年1月29日)

小龙也是龙

蒋子龙

我名子龙,怎么可能属蛇呢?一定是某个环节出了什么差错,总觉得自己应该属龙。因为我自小就敬畏龙,此瑞兽是民族的图腾,上天行宫,足踏祥云,呼风唤雨,神秘莫测,被人们夸奖不尽,却不让任何人见到真面容。蛇则太具体了,而且凉森森,软乎乎,滑溜溜,站没站相,坐没坐相,"坐也卧,行也卧,卧也卧"。隐伏潜行,不声不响,惯于偷袭,我无法容忍将自己跟这样一个爬虫联系起来。小时只有在犯了错的时候才会用属相来安慰自己：我是属蛇的！

14岁之前我生活在农村，有年暑期下洼打草，有条大青蛇钻进了我的筐头子，不知不觉地把它背回了家，在向外掏草的时候它哧溜一下子钻了出来，着实吓了我一大跳。一气之下决定见蛇就打，当下便找出一根一米多长的盘条，将顶端砸扁，磨出尖刺，第二天就带着这武器下洼了。塌下腰还没有打上几把草，就碰见了一条花蛇，抡起盘条三下五除二将其打死。这下可不要紧，以后三步一条蛇，五步一条蛇，有大有小，花花绿绿，我还从来没有见过那么多的蛇，几乎无法打草了。只觉得头皮发紧，毛发直立。它们不知为什么不像平常那样见人就逃，而是呆呆地看着我不动弹，好像专门等着受死。我打到后来感到低头就是蛇，有时还两条三条地挤在一起，打不胜打，越打越怕，最后丢掉盘条背着空筐跑回家去了。我至今不解那是怎么一回事，平时下洼只是偶尔才能碰上一两条蛇，怎么一决定打蛇就仿佛全洼里的蛇都凑到我跟前来找死！自那以后我不敢再打蛇。说也怪，心里不想打蛇了，下洼就再也见不到那么多的蛇了。

1941年的蛇，披着熊熊火光，顶着隆隆轰炸，搅得天翻地覆。日本人像蛇一样偷袭了珍珠港，美国人宣布参战，全世界变成了大战场。我一生下来就被家人抱着逃难，今天听到日本人到了东乡，村民们就往西跑。明天又听说日本人过了铁道，大家又掉头向东逃。由于我老是哭个不停，不仅人心烦，还危及乡亲们的安全，家人估计也养不活我，便狠狠心把我丢在了高粱地里。是大姐跑出了半里多地似乎还能听到我的哭声，就又跑回来把我抱上。于是今天就多了一个姓蒋的在谈本命年。

这一年里香港还出了一条蛇，也同样取名叫龙：李小龙。大概跟我怀着差不多的心态，羡慕龙，却不得不属蛇。其实龙蛇原本一体，龙的形象很有可能就是先民以蛇为基干，复合其他动物的某些特征幻化出来的。神话中的人类始祖伏羲、女娲夫妇，不就是人面蛇身之神吗？所以中国人把蛇年又称为小龙年。凡有人问我的属相，我连"小"字都去掉，就取一个"龙"字。

随着年龄的增大，属相不是越来越淡化，而是越来越强烈了，它就趴在你户口簿里和身份证上，时刻在提醒着你和组织部门。光你自己说属龙不行，龙年我想退休人家就不给办手续，今年想不退也不行。拉来12种动物和地支相配本来是古人的一个玩笑，人和这些动物没有任何遗传或血缘上的关系。今天，属相却不是无关紧要的了——我一直口称属龙，却一辈子被蛇管着。

（《新民晚报》2001年2月4日）

生于蛇年

徐小斌

蛇,似乎是十二生肖中最有争议的一位了。你可以说它阴险毒辣、诡计多端,也可以说它智慧、冷艳、魅力无穷,总之,无论你说什么,都不可以忽视它、轻慢它、绕开它,它总是有着奇特的意想不到的表现。

生于蛇年,总有几分神秘与危险:1953年的蛇年,据说正是"三反五反"的高潮,父亲被运动折磨得筋疲力尽,听说又生了个女孩,居然整整13天没看我一眼。到了第 14 天，父亲休息，这才漫不经心地扫了一眼我的小床，妈妈说，父亲看了我一眼就把我抱了起来，再也不撒手了。好像我是个易碎的玩具娃娃似的。那时跳皮筋的歌谣是：小皮球，我会跳，"三反"运动我知道，反贪污，反浪费，官僚主义也反对……

1965 年的蛇年，山雨欲来风满楼，谁也不知道那场史无前例的大风暴就要来临，上五年级的我正帮着美术老师办画展，画的是"战斗的越南南方青年"，有一幅特别复杂的，老师点了名一定要我来画，椰子树、芭蕉树……极其精致的叶子，就那么一根线一根线地画出来，画完了，少先队的选举也开始了，我由大队学习委员升任大队副主席，那是我一生中当的最大的官。学校准备保送我和另一名男生上名牌中学，但是第二年，一切都天翻地覆了，所有人的学业都中止了，并且一荒就是 10 年。

1977 年的蛇年，正是粉碎"四人帮"的第二年，百废待兴，当时我还在北京西郊粮食仓库做刨工，一边开着刨床一边复习功课，团委书记在大会上点我的名：

有的团干部在上班时间复习，起了很不好的作用。我站起来和他顶撞：你可以冠冕堂皇坐在办公室里复习，可我，只能在车间里抓点空，要是影响了工作，你随便怎么处置我都行，问题是，我并没有影响工作。说完，我站起来就走，把一大屋子瞠目结舌的人留在了那里。第二年，我考上了中央财经学院，结束了9年的工农兵生涯。

1989年的蛇年，也许是忘了系红腰带的原因，从那年的开始我便屡屡不顺，3月，我突然小腹剧痛被送进医院，诊断为阑尾炎，要做手术。小小的一个手术竟差点要了我的命——是麻醉意外。麻醉意外令我一下子看见了死亡：死亡是黑色的，好像手术灯一下子熄灭了，周围的医生护士都变成了憧憧鬼影。很久之后我才知道是麻醉意外，而且更要命的是，我的阑尾好好的，根本就没发炎。蛇年的凶险可见一斑了。

今年，我真的不知道该是凶险的蛇年还是美丽的蛇年，从美国回来探亲的姐姐早早就给我买了一根红腰带，大年初一我就匆匆系上了。无论如何今年该是非同一般的年景——因为她是新世纪的第一年,又是蛇年。

我心里咚咚地跳:天呐,新世纪的第一年,竟是蛇年!

(《新民晚报》2001年2月6日)

去掉最高最低分

刘心武

我父母是那个时代的新派人物,纪年用公元,不讲究生辰八字,对属相也不重视。特别是母亲怀我的时候,正值抗日战争的相持阶段,他们都怀有抗战激情,加上家计艰难,认为那不是再生孩子的时候,曾试用了很多方法,想把我打掉。但那时无论是避孕还是堕胎,手段都相当落后,我在母亲子宫里生成后,非常顽强地继续发育,直到1942年盛夏呱呱落地,父母才不仅承认了我的生命资格,而且逐渐宠爱有加。父亲为体现他们抗日的情怀,在"心"字这个辈份后面,特意给我取名为"武",就是一定要坚持住,不能投降,必以武力夺取抗日的最后胜利。我在8岁以前,一直跟父母住在四川。1950年随父母到北京,以后我就一直定居在北京了。北京这个地方,非常讲究属相,一次到学伴家里去玩,他母亲问我属什么,我竟答不出,令那位伯母非常惊异。回到家问母亲,母亲这才告诉我,我是属马的。从那以后,渐渐地,我如果想知道别人的年龄,也总是问人家属什么。但直到如今,我对以天干地支纪年,还是相当地生疏,比如我虽然知道今年是壬午,但如果有个人说戊辰年曾给我写过信,那我就必须查阅万年历,才能确定那究竟是哪一年。

对于自己属马,心理上非常愉悦。我从小不怕鬼,但是怕蛇。如果我属蛇,是不是对自己的属相会产生心理障碍?也很难说。一个生命对自己的诞生,特别是诞生的时刻,无从选择。属什么就是属什么,前人规定了,也只好随众认可。我最喜欢的动物是猫,但前人拟定的十二属相里不知为什么有鼠无猫，我总不能自定为属猫吧。

"本命年"一说，说来惭愧，我竟是近20年来，才知道对一个人的生命时段，还有这么一种特别的说法。而且，民间似乎还存在着本命年会有大凶险或大幸运的说法，尤其是前一说法，流传更广一些。也有人启发我，1966年是我的本命年，怎么样，不是经历了那时难以理解的一场浩劫的开始吗？1978年则又是我的本命年，怎么样，不是一举成名了吗？乍听，似乎很有些神秘的契合，但稍一细想，1966年夏天以后的急风暴雨，哪个属相的躲掉了？1978年的改革开放的春风，又岂是我们属马的专享？

但本命年也确实值得重视。以10年为一个单元和以12年为一个单元，配合起来，人在一生里，经常性地总结一下经验教训，只有好处没有坏处。在本命年里格外地谨慎一些，或格外地有所期待，也都是不错的自我心理调节方式。

今年是我赶上的第五个本命年，按孔老夫子的说法，也正是"耳顺之年"。马的耳朵，在十二属相的诸角色里，大概是最长最大的吧，但真要做到"耳顺"，不在耳朵的大小，或是否能扭动收音，关键还是心里要一派澄明。孔夫子所说的"耳顺"，按一般的解释，是听话能听出真意来。回思自己60年来，听到的关于对自己评价的话语，也真够多的了。听话听声，锣鼓听音，这"耳顺"的境界，很难说自己已经臻达。人在世上活，任由人评说。一般来说，总是给你打多少分的都有，不大可能都一下子唰地给你打出一个相同的分数来。如今电视上常有竞赛性节目，请一些评委排排坐，举牌打分，而那游戏规则，是去掉一个最高分、去掉一个最低分，然后再将其余的分数加以平均，得出的分数才算选手的最后得分。在人生的无形赛场上，我也曾遭遇过"最高分"，并因之飘飘然过；也曾遭遇过"最低分"，并因之悻悻然过。给出"最高分"，属于"宠评"；给出"最低分"，属于"酷评"。"宠评"未必一定是出于溺爱，"酷评"更未必一定是出于恶意，都有些个参考价值，但自己一定要非常清醒，无论是就自己具体的作品，还是整体的成绩而言，其比较接近于真实价值的，还是那去掉最高最低分以后的平均分。这个平均分无论是超过或低于了自己的期望值，也都不应飘飘然或者悻悻然。"是骡子是马，拉出来溜溜"。自己是马，也还不算怎么老，在人生的舞台上，尽管已经边缘化，毕竟也还能继续扮演一个角色，那么，在这本命年里，"不待扬鞭自奋蹄"，但愿除了自己的嘚嘚马蹄声，还能继续听到包括最高分，尤其是最低分的评议声，无论如何，有声胜无声。"耳顺"之年，耸耳待声，其声来乎？

（《新民晚报》2002年2月12日）

也是"马语"

叶文玲

每年岁尾纷至沓来的贺卡,是友谊的象征,也是岁月的提醒。前者使我感激,后者令我感慨。今年的贺卡是马蹄声声催来的,或奔驰或骁腾,一匹匹都是神骏。

古今中外,人对马素来竭力赞美,布封写马的名篇,看得我落泪;《马语者》更把人与马的沟通,写成了至高无上的赞美诗。

我曾经那么喜欢马。来家串门的朋友,一眼就会看见博物架上众多的"马",看到悬在书房门楣的那方匾额,"十驾斋"三字,明明白白宣告:马是主人的属相。

属虎属狗属龙属马都非自己所能选择,但十二生肖中,我还是最喜欢属马。客人注目,当然不在于这斋名有多儒雅,也不在于这个属相有什么特别——而是这块匾额,题自书坛大家黄苗子。记得10年前得了这份题款,心肝宝贝似的珍藏至今,前年有了这间稍稍像样的书房,才请妹夫优选材质精雕细刻,上下两方闲章、清漆重髹、绿泥款识,都一丝不苟。

我曾很庆幸自己属马。苗子先生正是当年在六届全国政协会看了我的小传《驽马十驾功不舍》后,很豪爽地为我起了这个"斋名"并为之挥毫泼墨的。看着他一边挥洒一边和号称"小丁"的丁聪,说起当年怎样得了"二流堂主"的雅号而谈笑风生的样子,我方识得什么叫大家气度,那时,他们也就60多岁,那时,我觉得"花甲"离我远着呢!

我一直庆幸自己属马。河南老诗人苏金伞,比我大"四轮"。20年前赠诗于我:嘶发月欲晓,蹄翻草色新,驰驱不厌远,千里闻铃音……我曾为苏老的这番心意而感泣。

我喜欢属马。去年随全国人大代表团出访非洲,好友韩美林大病初愈,画了一匹马为我壮行,当他落下李贺的名句"此马非凡马……"时,我马上觉得面前的这位"艺术长征者"就是一匹非同寻常的神骏!

我愿意属马。"向前敲瘦骨,犹自带铜声。""所向无空阔,真堪托死生!"人有了这样的马,不不,人的朋友如果都像马这样,就是自己真变成马又何妨?

我真喜欢属马,马的形态是那样豪放:风驰电掣、蹑景追飞;豪气发西山,雄风擅东国;嘶从风处断,骨住水中寒;骁腾有如此,万里可横行……多棒!

我还希望第三代也有个属马的,儿子媳妇果然计划得不错:今年真还有匹小马落生!虽然是还在娘肚里的小马驹,名字早已想好,当然跟马有关。

马年带给我的第一个好运就是出了一本书,书名就叫《枕上诗篇》。取自李清照的那句"枕上诗篇好闲处"——好一个"闲"字,我愣住了。

忽然想：真不该属马，属马哪能闲？

马的代名词就是奔驰和骁勇，不管是"玉骢"还是"紫骝"，不管是"赤兔"还是"汗血"，马离不了劳役和征战，不管有重挽、轻挽或骑乘之分，马和闲适无缘。

看来真不能属马，悲壮是马的宿命，古今中外有多少英雄的征战，就有多少匹义马牺牲的故事："喷日嘶风红叱拨，目似火齐汗似血""催榜渡乌江，神骓泣向风"，马即使受了伤，主人无救于它，却总是一刀或一枪结果它的生命！每每在影视片中看到马在临终前那大大的眼睛中含着的眼泪，真叫人心碎！

看来真不该属马，日子快得真如白驹过隙，好像还没来得及做出什么，自己已步入花甲之年，头发白眼睛花，脚底痛肩背酸，这这那那的毛病全来了，真叫人气短！

看来真不好意思属马……属马的还好意思这么唠叨？人常说岁月无情，可最无情的却是人，日子好过了，就好逸恶劳、沉溺享受、醉生梦死、忘恩负义……

什么劣行全有了!

人啊人!很多时候,人还真不如马。

(《新民晚报》2002年2月13日)

写呀写呀写呀

秦文君

写作是我从小就喜欢做的事,当时除了写作文,就是写日记,把自己快乐的事记在本子上,比如妈妈带我一个人去看戏,却没带弟弟去。散场后她又领我去同事家玩,我在那里玩得很开心,还受到了夸奖。也记一些伤心的事,比如穿了一条新裤子,没想到一出门就绊了一大跤,膝盖那儿破了两块,像睁开了两只大眼睛。又比如请了几天病假后去学校,发现最喜的老师突然调走了,都没来得及告别。

我自12岁,就开始了投稿生涯。当时的我,写呀写呀,写的是热切、真实的感受,内心存有着倾诉的喜悦。因而,一支笔越写越长进,不仅成为班里的作文高手,另外,还成为一个拥有自己想法的人。写作的一个令人狂喜的收获,是它能促使人静下心来思索。当然,还有更大的收获,那些零零落落记载在日记里的美好时光,慢慢积聚在文字中,从此深深地镌刻在记忆之中。

再后来,我的文章开始陆续发表,说真的,我刚拿到稿费那会儿,真是急急忙忙地跑出去购物。第一笔稿费,买下一盏新台灯,它有漂亮的纱罩,垂着短短的流苏;第二笔稿费用来买下一支笔杆熠熠发亮、笔尖流利无比的金笔;第三笔稿费买了一本《辞海》和一摞又一摞稿纸。尔后的稿费就是一批接一批地买书,直至房间书满为患,走路都得向左向右错着身子。再后来,就是买下一间装书的书房,书房有了之后,便接着要继续买书,买大捆的红得耀眼的花来给写作、阅读添加一份好心情。

台灯现在仍然在夜间写作时为我照明，驱赶漫上来的孤寂夜气；金笔，会吐出若干圆润的文字；至于越来越多的书籍，它们是智慧的所在；那些稿酬又周而复始地汇集于写作之中，那样的去处挺根正苗红的，容易使人产生美妙的幻想，它给予我的灿烂，一生都不会泯灭。

一晃都多少年了，又一个本命年来到，我仍在天天写"日记"，但这个日记已不是一般意义上的了，是给青少年朋友写作。我大多是在夜里写作，白天完成编务、看书、散步、复信等人生杂事，到了夜间，那是我的黄金时间，我开始创作，状态好，一气写到凌晨，状态不好，早早收场，那是多年业余写作养成的习惯，有时即便放假，白天我也不写，悄悄等待天黑。

（《新民晚报》2002年2月14日）

马年的滋味

冯骥才

龙年颂龙,猴年夸猴,牛年赞牛,马年呢?友人说,你脱脱俗套说点真实的吧,你属马,也最知马年的滋味。

我回头一看,倏忽已过了五个马年。咀嚼一下,每个本命年的滋味竟然全不一样。

我的第一个马年是1942年,我出生。本来母亲先怀一个孩子,不料小产了,不久就怀上我,倘若那孩子——据说也是个男孩子"地位稳固",便不会有我。

我的出生乃是一种幸中之幸。第一个马年里我一落地，就是匹幸运之马。

第二个马年是1954年，我12岁。这一年天下太平。世界上没有大战争，吾国没有政治运动。我一家人没病没灾没祸没有意外的不幸。今天回忆起那个马年来，每一天都是笑容。我则无忧无虑地踢球、钓鱼、捉蟋蟀、爬房、画画、钻到对门大院内去偷摘苹果。并且第一次感觉到邻桌的女孩有种动人的香味。这个马年我是快乐之马。

第三个马年是1966年，我24岁。这年大地变成大海。黑风白浪，翻天覆地。我的家被红卫兵占领40天，占领者每人执一木棒或铁棍，将我的一切，包括我的理想与梦想全都淋漓尽致地搞个粉碎。那一年我看到了生活的反面，人的负面，并发现只有漆黑的夜里才是最安全的。这一个马年我是受难之马。

第四个马年是1978年，我36岁。这一年我住在北京的人民文学出版社里写小说。第一次拿到了散发着油墨香味的自己的书《义和拳》。但我真正走进文学还是因为投入了当时思想解放的洪流。到处参加座谈会，每个会都是激情洋溢，人人发言都有耀眼的火花。那是个热血沸腾的时代，作家们都为自己的思想而写作。我"胆大妄为"地写了伤痕文学《铺花的歧路》。这小说原名叫《创伤》，由于书稿在人民文学出版社引起激烈争论，误了发表，而卢新华的《伤痕》出来了，便改名为《铺花的歧路》。这情况直到11月才有转机。一是由于茅盾先生表示对我的支持，二是被李小林要走，拿到刚刚复刊的《收获》上发表。我便一下子站到当时文学的"风口浪尖"上。这一个马年对于我，是从挣扎之马到脱缰之马。

第五个马年是1990年，我48岁。我的创作出现困顿，无人解惑，便暂停了写作。打算理一理自己的脑袋，再走下边的路。在迷惘与焦灼中重拾画笔，却意外地开始了阔别久矣的绘画生涯。世人不知我的"前身"为画家，吃惊于我；我却不知这些年竟积累如此深厚的人生感受，万般情境，挥笔即来，我也吃惊于自己。在艺术创作中最美好的感觉莫过于叫自己吃惊。于是发现，稿纸之外还有一片无涯的天地，心情随之豁然。这一年的我，可谓突围之马。

回首5个马年才知，这马年的滋味，酸甜苦辣，驳杂种种。何况本命年只是人生的驿站。各站之间长长的12年的征程中，还有说不尽的曲折婉转。我不知别人的本命马年是何滋味，反正人生况味，都是五味俱全。五味之中，苦味为首。那么，在这个将至的马年里，我这匹马又该如何？

前几天，请友人治印两方，皆属闲文。一方是"一甲子"，一是"老骥"。这"老骥"二字，不过是乘一时之兴，借用曹操的诗，以寓志在千里罢了。可是反过来，我又笑自己不肯甘守寂寞，总用种种近忧远虑来折磨自己。看来这一年我注定是奔波之马了。

（《新民晚报》2002年2月15日）

马站着睡觉

李国文

我庚午年生，对于马，有一种亲切感。

年轻时，我在工地劳动改造，有一匹早先随部队转业而来的驮马，我侍候过。这是一匹老马，架驮将它的颈、脊、背部磨出精光的皮板，可以想在解放战争年代，背负着给养辎重，在枪林弹雨中出生入死的功劳。如今它虽然老了，什么活也不能干了，但我所在的工程队，系部队转业，老兵念着那份火线上的感情，便将它养了起来。

因为我是右派,常常被打发去打扫马厩。久而久之,它倒对我熟了,看到我来了,多少要有点动静,倒不像认识我的朋友们那样避之唯恐不及,那时,我几乎被所有的人疏远,甚至排斥,却偏偏在老马这儿,能够获得一点儿无言的慰藉。尤其它那昏暗的眼睛,盯着我,琢磨我,似乎想跟我交谈些什么,我总是忍不住激动。于是,便抓起一把黑豆在手心里,让它慢慢地,其实是很困难地舔食。我看到它吃起来那副有气无力的衰弱样子,牙口老到如此不行的程度,很替它难过。我就想到"驽马恋栈豆"成语,言之也许未必尽然有理。如果你是一匹垂垂老焉的驽马,试试,你就觉得那是值得同情,而不应受到奚落的弱点。

司马懿以狠绝的口气说这句话的时候,他正处于大获全胜的巅峰状态,一个得意辉煌的人,是不大想到暮年也会气颓势弱的,更想不到他的子孙后来甚至死得更难看。所以这种无情嘲讽,某种程度也是拿自己开涮。其实,从生理角度来看,每个人都有成为驽马的这一天。看到这位动物朋友，便体会到什么叫作精疲力竭，什么叫作力不从心，到这一刻，打心眼里只有同情这匹已经尽了力的老马，而生不出什么讥笑的意思。

我熟悉的这匹马，其实很通人性的，它的智商，它的情感指数，应该不比工程队养的守卫狗差到哪里去。我在清扫马厩以后，若是没有派新的活计，常愿意与这匹老马对面坐着，我看着它，它看着我，我们之间，似乎能产生一种精神上的交流。很明显，它跟我一样地落寞难耐，一样地孤立无援，那些与它一起驰骋沙场，一起衔枚疾走的同伴马匹，天涯海角，各自东西，肯定是它永远的梦；那些给它梳过毛，给它钉过掌，给它半夜起来喂过草料的军人战士，复员转业，解甲归田，也早从它的视线中一一消失。

我不知道马有没有像人类一样的记忆。在我心目中，至少这匹老马是有的。当我调离这个工程队后，别人告诉我，很多天里，喂它黑豆，它总是把头扭到一边去。这使我很伤感，便找了个借口，请假跑回去看望它。走进马厩，那些与它同住的守卫狗认出我来，情不自禁地扑跳过来，但老马，不冷不热的样子，有一种"曾经沧海难为水"的矜持。

说实在的，在此之前，我没有接触过任何一匹活生生的马，在我的全部记忆中，只有昭陵八骏，只有吕布、关羽的赤兔，只有韩愈论马的文章，只有李贺写马的诗，只有徐悲鸿画的马，只有与马有关的"天马行空""龙马精神""马到成功""春风得意马蹄疾"等令人昂扬的词句。我第一眼看到这匹老马，这匹衰老而且病弱的马，连"马瘦毛长"这四个字都当不上，令人感到十分泄气。那稀落的毛，那残断的尾，那瘦骨嶙峋的骨架，那近乎失明的眼睛，我都替它活得累。

然而，它始终站立着，不倒，活出了一份尊严。

从它那儿，我才知道马是站着睡觉的。我还和一位老兵探讨过，应该让这匹老马像生产队里的牛一样，能够卧下来，得到将养才是。那老兵断言，它要卧下来，大概也就离死不远了。我看得出来，它太老了，它并不总能支撑得住，它有时不得不靠在拴马的桩子上，不得不倚在马厩的墙壁上。但是，我更看得出来，它在维护着一匹战马的绝不倒下的尊严，它不得不把四条腿分劈得开些，好站立得稳固些。

我真被它那维护尊严的精神感动了。

不久，我离开那个工程队，到更遥远的大山深处的工地去了，再也打探不到那匹老马的消息。但我相信，它会有尊严地站着，一直站到生命的最后一刻。

从那以后，我也明白了许多，一个人，活到什么样子，就是什么样子，也许未必能够完全保持这种站着活的尊严，但是，不卖弄哀苦，不炫耀屈辱，不唠叨不幸，不冀求恩典，不侥幸免费午餐，不稀罕施舍慈悲，还是应该尽量努力去做的。

又到我生命中的马年了，我不禁想起那个无言的动物朋友。

（《新民晚报》2002年2月16日）

只要你开心

张 欣

今年的打算,就是做一匹开心马。

以前的每一年,都会给自己定一个隆重的计划,决心开年就要大展宏图。其实日子每天还不是那样过,生活格局基本不会改变,当然有时也会碰到意外,还不是计划赶不上变化。

所以现在做事只要有一个大方向,认真负责就算了。

有许多文章劝大家青春不留白,人生能有几回搏,应该让每一天都过得充实而有意义。但有更多的文章劝大家放慢生活的脚步,享受生活,把悠闲当作人生的至高境界,淡化名利,看透历史红尘。

怎么都好,只要你开心。

我的朋友中,有人每天忙得马不停蹄,但也兴高采烈,真不知劝他什么。还有人几乎每个月都在美国和中国之间飞来飞去,照样挺精神。更有一个好朋友,50岁了又拿到二胎的指标,大伙儿笑他直接生孙子当爷爷,他也是每天忙得人仰马翻不嫌累。另外的一些人,坐在兰圃茶室,一泡就是一天,品茶、发呆,说一些漫无边际的话。还有人足不出户,天天在家睡觉,几乎长出尸斑来,以他的遭遇,似乎到了人生的苦闷期,但是不是也太久了一点儿。我自己也有人不人鬼不鬼的时候,出门嫌烦,在家嫌闷,不知拿自己怎么办,差不多身上起霉点。

总之,忙是闲得太久的人的节日,闲又是大忙人的新生。选择什么样的生活方式,应以开心为标准。大可不必人忙我忙，人闲我闲。

生活中的迷茫全在于没有自我，或者太不重视自己的感受。我有一个同学，打电话来必是埋怨，归纳起来是工作太忙太累，但又没人理解。"你们"，她这样指责我，所写的那些文艺作品全是同情别人的，为什么就没有人同情和理解"我们"？还有一个下岗的朋友，在家永远不接电话，只接手机，表示自己仍在奔波忙碌。否则，别人会看不起呀！其实，一个人如果已经忙得必须每天抱怨，我想还是要闲下来休息休息，给自己放长假，毕竟这跟别人没有关系。而一个人已经闲到了没有自信，那就得想方设法使自己忙起来，或许你又能找回快乐。

最后我要告诉属马的朋友，本命年要取守势，不要四面出击，无论与什么人有矛盾都不要大动干戈，以求平安为第一。至于其他，只要不犯法，想干什么就干什么，只要你开心。

（《新民晚报》2002年2月25日）

我的马儿

陈 村

　　隐约还记得上一个本命年十分压抑，1990年。春天的时候左眼突然一抹黑了，眼白与眼黑竟是一个颜色，急忙住进医院治疗，坐在高压氧舱衔着管子像吃东西一样一口一口呼吸。一个多月后病愈回家，写了一篇《病中札记》，提到有朋友送我红腰带，我没好意思系它。今年又本命了，有人好心送我红裤头一条，前面缀一卡通小马煞是可爱。那物件有东土风情，赠外宾挺合适,自己却如何穿得上身?

眼下的日子还在马的头上,马头有马鬃披拂,有形有神。闲时乱想,我的下个本命年就是60老翁啦。如今还能强说中年,下次怎么也赖不过去了。我兴冲冲投胎,颤颤巍巍做人,怎么一下子风景都换了,不好玩了。即便我是个红色主义者,一辈子也穿不过六七条卡通裤头。人之一生,真是如驹过隙,老了人也么哥("也么哥"亦作"也波哥""也末哥",是元明戏曲中常用的句末语气词,无意义。——编者按)。

当然不必感伤。马是一种漂亮优雅的动物。耶稣是生在马槽的,红小鬼们拉着马尾巴过河,成吉思汗马上得的天下。我想,"拍马屁"原先怎么不是一个好词呢,指的是人对马的难以抑制的好感与敬佩所催生的亲昵动作,谁知后来被奸人引申坏了,不是马也乱拍了。看看路上那么多的车,那路不叫车路偏叫马路,还有物理中的马力,古诗中的马革,马实在已深入到人心中的二尖瓣了。我已四马,古文中写做"驷马难追"的"驷",也就是古时候的法拉利。低调些说吧,白马(王子）挨不上了，黑马当不了了，马术学不会了，最不济还能马马虎虎吧。等到五马的光景，老汉尚可识途，尚能趴在马厩志在千里，给人猜一猜白马非马。

我知道上海的人民广场过去是跑马厅。去过一次香港，没能看到跑马。那里的马跑的不是自由而是港币，不看也罢。平生只骑过很少的几回马。一次在黄河边上，那风景是可以作诗的，可我一上马差点被它掀下来，弄得眼镜也掉了。还有一回骑马上了山东的梁山，马蹬歪了，我人也就歪着，那马老实，很不舒服也没难为我。等我下了马，才想起书上说的骑马应该两腿夹着，不可坐实而是蹲着。我把它当了沙发，实在很惭愧。那天我还记起的是，也是书上看到的，有人给马吃一块儿糖作为奖赏，马很高兴。可惜我的身边没糖，没能让它高兴。我知道，我付给主人的钱，他是不会为马买糖的。

我更愿意见到的是草原上的马。在内蒙古，当马群奔驰而过，我虽不是牧民的儿子，心也在莫名地欢腾。烟尘滚滚，马蹄声声，那么有质量地展开在面前，尽管我不爱好那种梦见自己是小蜜蜂的散文，也巴不得自己是其中的一匹马。跑吧跑吧，蓝天、草原和泉水，仅此足矣。

要向众人告罪的是，我庆幸自己属马。老鼠小偷小摸，不好；牛太遭罪，不好；老虎要吃人，不好；兔子胆小，不好；龙太虚幻，不好；蛇教唆了夏娃，不好；羊懦弱，不好；猴子原本不错，屁股太红，不好；鸡被肯德基弄俗了，狗被人宠坏了，猪就不必提了。看来看去，我还是属马最好。写到这里，要感谢我的父母，在马年生下了我。我在马年，向马，草原上的自由的马问好。我在一篇叫《回忆》的小说中写过，回忆前身，我是一匹毛色中灰的马。好兄弟，来世，请容我和你们一起奔跑撒欢。

（《新民晚报》2002 年 3 月 1 日）

别再涮命

蓝 翎

进入 2003 年,恰逢农历癸未年,媒体铺天盖地赞羊年。按生肖,羊年生人皆属羊。可是,在此前的一年多时间里,羊年却遭到潜在的诋毁,或者用句粗话说,拿属羊的人开涮,涮命,认为羊年生的人不吉利,因此,想生孩子的尽量提前在马年或推迟,以避开羊年。那结果也明显,据户籍和民政部门的统计,马年结婚和生孩子的多于往年。他们的家长似乎也不反对,不开导,默认了。

我对此曾疑惑了一年多,越想越觉得难以理解,莫名其妙。生肖配地支,共有12个。那么,是否只有羊年出生的才不吉不利,其他年出生的皆大吉大利?谁判定的属羊的是苦命人?老天爷?只有天知道,鬼知道,人不知道。如果这只是个别人的想法,不值得大惊小怪,笑笑而已,如果涉及相当多的人,形成一种趋时性的社会心理,那就让人笑不出来了。

笔者是20世纪辛未年(1931)生人,天定属羊,无法选择。但我不因此为属羊的辩护,也不歧视其他属相的人。我磕磕绊绊痴长了72岁,共经历了7个羊年,说不上大吉大利,也说不上不吉不利。据我多年的观察,同年生的人,有突出成就的不少,平平庸庸的不只我一人,不成器的坏种也有。属相相同,时运不同,不怨天地,事在人为也。

一个甲子60年,周而复始,其间共有5个羊年,依次为辛未、癸未、乙未、丁未、己未。虽都是羊年,干支却不一样。那么,是所有羊年出生的都不吉利呢,还是哪个特定的羊年不吉利呢？如果问问想避开羊年生孩子的人，恐怕十之八九回答不上来，假如自己也属羊，就有点自轻自贱了。可见潜在的趋时心理带有极大的盲目性或盲从性，先无端给某个属相的人制造原罪，对己说不上有什么吉利，对人则形成了歧视，造成隔阂，不利于社会群体的团结。中国现在约有人口13亿，按十二生肖平均推算，每个属相的人在一亿以上。也是推算，不想在羊年生孩子的，双方大约两千万，再加上家长，大约五六千万。何况这些人也不是一个属相，肯定还有属羊的。这些人喊喊喳喳说叨一亿多属羊的，不是有意犯众怒吗？自古道，众怒难犯。还是收敛点为好。搞属相摩擦，于社会无益，也是极无聊的败兴事儿。

　　从报纸上读到，有人偏爱逆向思维，你说羊年生孩子不好，俺偏在羊年生，这年出生的人少，将来上学就业相对有利。遇事只从自家考虑，小识短见，心存侥幸，并不说明自家不迷信，大前提未变嘛，中国人口每年的净增数一千万以上，社会压力已经很大，有序地控制增长尚且不易，哪还容得人为的混乱因素来干扰。

去年多生若干万，今年少生若干万，如小孩拉屎挪挪窝，社会压力依然在，徒然添乱，于事无补，对国家的发展有什么好处？对自家又有什么好处？群体无意识地起哄，什么时候都不起好作用，不能任其形成趋时性的潜流。羊年拿属羊的开涮，不是同喜气洋洋、大吉祥的气氛欠协调吗？

羊年已到，12个属相的同胞都高高兴兴过年。如果有余兴，不妨尽情地涮涮羊肉，可别再涮属羊的命了，那是瞎掰，有失文明，让它随着爆竹声灰飞烟灭吧！

（《新民晚报》2003年2月1日）

话说本命年

束纫秋

按照中国的习俗和传统的年序，壬午年已结束，癸未年已到来。对这些古老的年代名称，现在人们大都已经搞不清、说不明了，干脆用通俗而形象的说法，还是说"马年已扬长而去，羊年正款款而来"清楚些。这新一年360多天里，该是"羊"当家了，简称为"羊年"。

中国人以十二生肖来配合年轮的前进，道理一下子说不清，倒是用通俗而活泼的形象好记，孩童、老人，男男女女，任凭你记性不大好，只要问你是什么属相，子鼠丑牛、寅虎卯兔、辰龙巳蛇、午马未羊……掐指一算就可以把你的年龄算出来了。而对每个人来说，许多大事可能不一定记住，但属龙属蛇属狗属猪却是终身不忘，而这等于把你自己的"年轮"准确而形象地烙在脑里，童叟无欺。

现在来临的一轮是羊年，有一种说法，凡属羊的，今年是他的本命年。我属羊，故被朋友提醒："是你的本命年。"

本命年这个话，以前不"普及"，不常用，除非出于算命看相三教九流者之口，是个相卜行当的行话。但现在似乎也流行起来了，也不知是算"时尚"还是复古。

因为我属羊，等于从出生以来就规定戴上了这个"吉祥物"，到了羊年便受人注意起来，有的朋友还关心地问：对自己的本命年有什么好说的？

开始听到这样的问题时，似乎有些摸不着头脑。本人年已过了80，从小到老，至少也过了好多个本命年，但从未想到逢上所谓本命年有什么好说的。这个羊年款款而来，又会稳稳而去，平平常常似乎不会有什么值得怀念的事。

看起来还是有人重视这个羊年，因为年前就听说，有许多怀孕的母亲（父亲）以及他们的祖父母外祖父母们，最希望新一代能生在马年，避开羊年。说是属羊的"命"不好，因此搞得妇产科医院都特别忙碌。对于"命"的好坏之说，我一点都不心慌意乱，一点不以为意。因为我虽算属了羊，凭几十年的生活经验，碰上本命年也好，和别的生肖"插队"过年也好，都没有什么特别的波澜值得叙说，太阳天天起落，日子按序而过，特别想不起本命年有何顺利或倒霉的事。

有人说你总不免被关过"牛棚"！是的，关过，甚至牛羊同棚。这时期可能有个本命年在内。但我从未特意去注意过，因为同棚的还有龙马之辈，一同被"关"，称不得只有我这个"羊"受难，算不到"羊命"不好的账上。

据说这种算命之风，也吹到外国，日本、东南亚一些地方受到影响不去说了，日前读报，说俄罗斯的一些地方也流行起以中国的十二生肖来算命的玩意儿，可见你不信自有人信。由此也可知道我们这里兴起本命年之说应该给它煞煞风景。

记得若干年前有位女青年写信到报社，问到这属羊到底好不好的问题。看来她很焦急。报纸倒没有默不作声，认为天道难解说不清，而是作了符合人道的答复，说羊不是差劲的属相，羊有许多优点，从温驯的性格到全身皮毛骨肉对人的贡献，有什么不好呢？还告诉她"羊"字，古代就通"祥"字，称为"吉祥"，不但形象好，精神含义也是够好的，凭个什么呢？广州古代就称为"羊城"，迄今《羊城晚报》大红报名的第一个字就是"羊"字当头，岂不"吉羊"？

看来这位女青年对此答复放了心了，还送一盒糖给报社编辑甜一下。现在又过上羊的本命年，记上这一个小故事，让"羊"们都身心愉快地过好羊年。

（《新民晚报》2003年2月2日）

年年都有新希望

张香桐

我属羊,羊年是我的本命年。我出生于光绪三十三年,1907年,过了年97岁,又向百岁近了一步。十二生肖是中国的传统文化,流传下来,很有趣。我觉得每一种属相都有意思,没有好坏优劣之分。老虎,威风凛凛,当然好。羊,安安静静老老实实,也很好。我就是安安静静老老实实的。

我也许是最老的一只"羊"了。所幸没有什么大病,身体还可以。我每天上午下午两次都到所里来上班，根据自己的作息时间，按时上班，按时下班。我的办公室就是我的书房，在这里我感到很安静很自在。我已经不动手做实验了，但我关注我国的科学研究进展。我也把不少时间放在整理旧著旧作上。我在脑研究的崎岖道路上跋涉了70年，每一个脚印，每一次实验，我都有详尽的记录。我一直记着我在美国耶鲁大学学习时导师的话，他勉励我，说我像是一只墨鱼，所到之处总是留下一丝墨迹。

我的家和研究所是一墙之隔，我从边门进出，真正是大门不出二门不迈，深居简出。但我并不与世隔绝。我每天看电视看报纸，了解世界和中国的大事。我经历了宣统、民国旧朝代，年轻时又在美国生活了10多年。如今我高兴地看到了我们国家一年年地进步和繁荣富强。

新春伊始，年年都有新希望。我记得年少时，临近过年，大人总要孩子对新年许愿。现在我个人已没有什么特别的愿望了，国家的希望就是我的希望。

（《新民晚报》2003年2月3日）

我在本命年"下岗"

罗达成

这回的羊年是我的本命年,对我来说有些非同寻常,因为9月间就要"到点",跟服务了30多年的编辑岗位拜拜。心情实在复杂、矛盾,我真说不清是盼着这一天,还是害怕这一天的到来。

作为一个在报告文学圈子里转悠了许多年的人,也曾有过一段风风火火的创作高峰期,既编又写,但在我们那本很有些名气的刊物突然停刊后,我的写作也戛然而止。回过头来办报，10多年来深陷其中——恐怕是性格的悲哀，我对稿件以至版式总是尽可能地追求完美，跟着我一起干活便成了十足的苦差事。但在鞭策部门里的年轻编辑全力以赴的同时，我自己也丝毫不敢懈怠，否则还有什么资格去要求别人呢？我是多么希望有一天能从这无边的"苦海"中走出来，成为一个可以随意支配自己时间的自由人，想写什么就写什么，想干什么就干什么。然而，当这一天即将在这个本命年来临时，我却越来越有点担心，自己像一个有劳碌命的陀螺，已经依恋、习惯于快速旋转，能够坦然面对停顿下来的现实吗？不过，在潜意识的驱使下，我其实已经早早在为"下岗"做准备："六十岁学吹打"。去年狠下心来学开车，我顾不得盛夏酷暑，面对师傅急风暴雨式的"训导"，表现出与我性格截然相背的"逆来顺受"，吃尽了辛苦，总算拿到了一张关乎未来的"驾照"。这几个月，尽管铁皮牌照拍出全国未有的天价，我还是热情高涨地张罗着买辆车，却又拿不定主意挑"宝来""威驰"，还是坐等加长30厘米的三厢"PO-LO"出笼。我喜欢握着方向盘,这绝不仅仅是为了代步,它将会大大改变我的生活方式。

开车让我全身心地兴奋和陶醉,手脚、大脑都变得灵敏了许多。人可以老去,可以白发丛生,但思维必须永远年轻!倘是不甘就此"金盆洗手",我还可以接手个外来的杂志做做,既能过把瘾,又能挣点儿钱,没点儿经济实力怎么能养得起一辆车呢?

我将追求那种"动如脱兔,静如处子"的"下岗"生活。动,是快快活活、风驰电掣般地开车。兴之所至,到周边城市去兜兜,访朋问友。静,则是与世隔绝,钻进书房成一统。虽然,已不可能再像当年那样狂热,不舍昼夜地赶写大稿子,但可以随意写点小东西。或是享用一杯龙井、碧螺春,一张大碟,一本过目即忘的武侠书。或是重温旧梦,在"网上博弈",纹枰对阵。或者打禅似的枯坐,沉浸、感受人生的寂寞和孤独,慢慢消解、弥合内心深处藏掖着的一些难言的创伤。或者呢,打开盘片,做一件"隔代亲"的人生快事,欣赏我那活泼可爱的外孙小嘉——他刚满一岁,一个月前跟着父母去美国时，还不会说话。现在，在屏幕上他已经能随着妈妈的发音，指出 A、B、C。他还会叫"妈妈"了，但不知道这究竟属于中文，还是英文。

看来，我打算在本命年这样迎接"下岗"，准备这么个活法，心态还算不坏吧！

（《新民晚报》2003 年 2 月 5 日）

羊年寄语

钱谷融

时光流逝得真快，仿佛只是一眨眼间，2003年就已经到了。2003年按干支纪年属于癸未年，未年生的属羊，我生于1919年的己未年也属羊，编者要我这个羊年生的人在这新年岁首说几句贺岁的话，在我当然是义不容辞的。

羊通祥，一向被认为是吉祥物，所以羊年出生的人是有福的。我出生以后，虽然战乱频仍，灾难不断，

但终于都能逢凶化吉,遇难呈祥,这就不能不说是叨羊年出生之福了。不胜感奋,谨陈三愿:

一愿天下太平。

二愿国家兴旺。

三愿学术昌明。

(《新民晚报》2003年2月7日)

玩具羊

范小青

在羊年到来的前几天,我单位的工会,给每一个属羊的同事,赠送了一只玩具羊。工会主席将它送到我手里的时候,我还有点不太当回事儿。因为从小到大,就和玩具没什么缘,该抱洋娃娃的时候,是在乡下玩泥巴,更小的时候,也曾经为了一只玉雕的小刺猬,将哭声震撼了苏州的玄妙观,闹得身无几钱的外婆手足无措,最后将全家一个月的伙食费倾囊而出。这大概就是留在记忆中的、儿时唯一的玩具了。这也是留在大人心中的一个百思不得其解的疑团,一个从来都不无理取闹的不吭声的乖乖小孩儿,那一次怎么竟会躺在地上滚来滚去,像个小无赖了,不就是一个小刺猬吗?

说起玩具,现在已经太多太多,都有点儿让人受不了了。但从前我们想要一个玩具,确实是不容易呀。性格倔强的人,常常是越不容易越向前,得不到的,偏要争取;性格懦弱的人就不一样,知难而退吧,比如像我,罢了罢了,没有就没有吧,渐渐地就与玩具远离了。后来倒是给儿子买过不少玩具,也看着别的孩子堆在玩具堆里长大,只是知道自己与玩具的缘分早已经错过。

那一天乘坐长途车从南京回苏州,虽然旅途单调寂寞,却也未曾想得起它来。那时候它乖乖地呆在提兜里,无声无息,提兜撂在我的脚边,我几乎忘记了它的存在。但是后来事情却发生了根本性的变化,回家后我从提兜里取出玩具羊,就是在那一刻,我被它打动了,它的两只眼睛,哀哀的,楚楚的,让我从两颗本没有生命的塑料玻璃球里,读出了一个活着的字:善。

我腾出床头柜上最重要的位置,让它就在我的身边,或者应该说,是我想靠在它的身边,体会着温情,顿时觉得自己的心是那么的柔软,觉得世界是那么美好,觉得世界上的好人是那么的多……这一切的情感,都是由这一只玩具羊引起来的,是由它的善良的眼睛引起来的。

善,是这个社会的支撑,也是我们每一个人内在力量的来源。内心缺少善意的人,也许不能理解善这样一种胸怀,他们实在是有点儿可怜的,因为他们不知道善为何物,不相信天地间有善这种美好的品质。

我们都碰到过太多太多的善良的人,他们乐于做好事,乐于帮助别人,他们什么目的也没有,就因为他们天生是好人,他们天生就愿意这样。善待别人,他们就高兴,就愉快,心里就踏实。

羊年来了,羊的形象,永远是善良,是温和,所以这一只普普通通的玩具羊,能够让我重温和体会出许多情怀呢。即便是浅显的,我也不觉得难为情。

(《新民晚报》2003年2月9日)

羊年的金羊毛

沈嘉禄

听说在年根岁末，有不少准妈妈为了抓住马尾巴，纷纷涌到产院去生孩子，甚至不惜吃上一刀。小马驹是生下来了，对孩子来说未必是好事，不足月的孩子体质弱嘛。

那么在羊年出生的孩子有什么不利呢？俗话是这么说的：男属羊，出门不带粮。但没说明女性公民属羊是否可以吃公款或吃白食，所以，就从相书上寻找依据。相书上说：属羊的人性格软弱内向，敏感多思，温顺胆怯，服从性强，容易遭人欺侮等。准妈妈们就信了——相对昂首奋进的骏马来说，咩咩羊真的不是一个好属相，特别是在今天市场经济时代，竞争对手当前，羊入虎口似乎是一条自然法则。

关于生肖的产生，民间故事是不能相信的，也不必溯根寻源。古人做事，常常大写意，放在今天要隆重推出12位动物界明星，肯定要全民动员，领导定夺。霸王龙、大熊猫、白鳍豚、中华鲟都可能金榜题名。所以，一个人属什么，大可不必在意，尤其是属鼠属猪的朋友，千万不要背上沉重的思想包袱。作为动物的羊，确实以温顺、驯服的品性和缺乏角逐能力的身体条件，令生命显得黯淡，但属羊的人，并不等于被打上了性格的烙印，将动物的阴影笼罩在人的一身，其实是人的悲哀。

一个人的属相，比一个人的姓氏更具有不可选择性，人们立志在有限的生命中对人类做出较大的贡献，得靠自己的努力，而不是靠属相。如果硬要说属相与命运的关系，真的也很难扯在一起。比如说吧，老鼠会打洞，会偷粮储粮，但连续三年灾荒，属鼠的人也一样饿肚皮。

一个人怠慢偷懒，缺乏进取精神，即使属了马，在竞争中也难免被淘汰。在属猴的人中还有不少高考落榜的呢。

中国文人厚道，每年谈属相的文章，都拣好听的说，还不嫌啰唆。今年说羊也不例外，首先是说文解字：羊等同于祥。再引申出以羊造字的字，比如善、祥、义、美等，"三羊开泰"肯定是今年的高频词。从诗意的层面上考察，羊身上也有许多美德被挖掘出来，比如和平、羞涩、充满柔情，并从国内外的民间故事中印证出羊也有智慧的一面。特别是小羊跪乳的动作，被历代文人视为忠义的经典。

但是，我作为属羊的男人，不会因为这些由人寄托在羊身上的美好愿望而沾沾自喜。倒不如反观一下羊身上所具有的人性的弱点，比如软弱、自私、盲从、被人利用以及一生无所作为的浑浑噩噩状态。

羊的软弱并不仅仅是在猛兽面前束手待毙，而是不知如何挣脱命运的摆布。有一次我在内蒙古看到杀羊的情景，一个同胞倒在屠夫刀下，连一点反抗的小动作都没有，而旁边的羊群照样津津有味地啃着沾了鲜血的青草，似乎一切与己无关，更不知道自己是"下一个"。阴阳界前，猪还会发脾气呢。还有一次，我在一家野生动物园里看到两头健如牛的公羊，被饲养员一挑逗，就展开了一场恶斗。它们照一下面，然后退到十几米外，猛地发力，一路裹风而来，两颗头颅在半空中发出擂鼓般的巨响，如此者三，直斗得额头鲜血淋淋。其时，它们并不在发情期，旁边也没有配偶可争夺，如此拼命，连自己也不知所以然。这就是羊的可怜之处。至于领头羊一说，就是羊群中的奸滑者，领着群羊直奔屠宰场，以同胞的性命换来自己的几日苟活。当然，这只领头羊也未必明白自己的价值，它只是照着人的旨意行动罢了。

所以，我认为，属相不妨一谈，但清醒地从生肖身上反观人性的弱点，虽然如松下喝道一样煞风景，总比灌自己迷魂汤要明智得多。马蹄声声远去，让我们属羊的或不属羊的人一起坚强起来，团结起来，聪明起来，克服羊的弱点，去寻找小康社会的金羊毛吧。

（《新民晚报》2003 年 2 月 10 日）

又到羊年

任仲伦

又到羊年。羊年是我的本命年,祝福如一树繁华,其中常见"三羊开泰"之语。一日,女儿询问:"为什么说三羊开泰?""也许是一个典故。"我迟疑。"什么意思?"女儿再问。羊通祥,泰通安,三羊开泰,也许是吉祥平安的意思,我望文生义,作个说文解字。完了还有点自圆其说的感觉。又一日,《新民晚报》有短文说:三羊开泰为三阳开泰。意思是冬去春来,后为新年的祝颂词。女儿迅速瞥了两眼，缓缓说了三个字："你错了！"错了，错在一知半解，错在困而不学。

度过四个本命年，按孔老夫子的说法，四十是不惑之年，该近知天命了。但事实上困惑依旧，不惑难得，一是应验一首摇滚歌曲中的歌词：不是我不明白，这世界变化快。如今信息爆炸，知识折旧率攀升。昨是今非，今是昨非，时常碰见。原先熟悉的东西，迅速变得陌生；现在陌生的东西，难以迅速熟悉。所以，不惑难。二是人一旦拥有够多的本命年，也就常常滋长几分精神惰性，不惑也难。记得上轮本命年，正当生龙活虎，求知欲望勃勃然。白天在漕河泾校园教书，晚上到外滩报社编报。傍晚驱车20余里，横穿上海市区，途经大木桥阿婆小摊，吃上两个茶叶蛋一块兰花豆腐干充饥。精神抖擞地早班加中班，如是多年。后来被破格评为学校最年轻的教授，连续三次评为上海优秀青年教师。有人戏称："你是靠几千个茶叶蛋起家的。"这些岁月激情燃烧，好学劲头高涨。现在有了经验,有了阅历,求知不如当年。且常常是惑而不困,困而不学。有疑惑,有时会凭上经验或固有知识,便忙于解疑释惑。开头讲的三羊开泰,便是一例。

其实,有困有惑,属于人生常态;惑而不困,困而不学,是人生的颓势,要走下坡路。所以,孔老夫子告诫:"知之为知之,不知为不知,是知也。"他老人家又说,困而不学,民斯为下矣。人生在世,本质上也许是井蛙观天:面对浩瀚世界,纷繁的社会,永恒的历史,所见所识难免是一孔之见。天是否有井口大?类似的疑问常伴左右。稍稍聪明的,也只是把井口挖得大一点,把天看得大一点。应该说,作为个人,在求知道路上永远是悲剧者,即便皓首穷经,到生命尽头,面对最后一个疑问,你总是无力把最后的问号变成句号。但人类依然要在求知道路上扮演着悲剧英雄。一代又一代把求知的火炬相传相接,永远把探索的目光伸向深邃的未知领域,"哥伦比亚号"宇宙飞船英雄们的伟大就在于此。常人要战胜庸常也在于此。

惑而思之,困而学之,在如今年代,是一种生存的约定，在人类长河，是一种发展的智慧。跨入新一轮本命年，思此虑此，不敢随意在羊年洋洋得意。

(《新民晚报》2003年2月12日)

精品栏目荟萃

《副刊面面观》（李辉　编）

《心香一瓣》（虞金星　编）

《纽约客闲话精选集　一》（刘倩　编）

《多味斋》（周舒艺　编）

《文艺地图之一城风月向来人》（孙小宁　编）

《书评面面观》（李辉　编）

《上海的时光容器》（伍斌　编）

《谈艺录》（刘炜茗　编）

《问学录》（刘炜茗　编）

《名人之后》（沈秀红　编）

《纽约客闲话精选集　二》（刘倩　编）

《编辑丛谈》（董小酷　编）

《本命年笔谈》（严建平　编）

《国宝华光》（徐红梅　吴艳丽　编）

《半日闲谭》（董宏君　编）

《云泥鸿爪一枝痕》（王勉　编）

个人作品精选

《踏歌行》（陈娉舒）

《家园与乡愁》（李汉荣）

《我画文人肖像》（罗雪村）

《茶事一年间》（何频）

《好在共一城风雨》（胡洪侠）

《从第一槌开始》（剑武）

《碰上的缘分》（王渝）

《抓在手里的阳光》（刘荒田）

《阿Q正传》（鲁迅）

《风吹书香》（冻凤秋）

《书犹如此》（姚峥华）

《泥手赠来》（黄德海）

《住在凉山上》（何万敏）

《老解观象》（解玺璋）

《犄角旮旯天津卫》（林希）

《歌剧幕后的故事》（薛维）

《色香味居梦影录》（姜威）

《走读生》（李福莹）

《回家》（朱永新）

《武艺十八般》（萧乾）

《一味斋书话》（熊光楷）

《收藏是一种记忆》（剑武）